妾屋昼兵衛女帳面二

拝領品次第

上田秀人

幻冬舎時代小説文庫

妾屋昼兵衛女帳面二

拝領品次第

目次

【主要登場人物】

山城屋昼兵衛　大名旗本や豪商などに妾を斡旋する「山城屋」の主。

大月新左衛門　昼兵衛が目をかけている元伊達藩士。タイ捨流の遣い手。

菊川八重　仙台藩主伊達斉村の元側室。新左衛門と同じ長屋に住んでいる。

山形将左　昼兵衛旧知の浪人。大店の用心棒や妾番などをして生計を立てている。

海老　江戸での出来事や、怪しい評判などを刷って売る読売屋。

分銅屋伊右衛門　浅草で五代続いた老舗両替商の主。

美代　伊右衛門の妾。

新内内膳　作州浪人。一刀流目録の腕前を持つ用心棒。

藤田　秋田藩佐竹家の家老。藩の財政逼迫問題に苦慮している。

斎藤一の助　秋田藩佐竹家の勘定方。

土佐屋世兵衛　土佐藩山内家とのかかわりが深い廻船問屋。

池部要蔵　土佐藩山内家用人。

徳川家斉　徳川幕府第十一代将軍。

林出羽守忠勝　家斉の寵愛を受けた小姓組頭。

坂部能登守広吉　林出羽守が引きあげた町奉行。

治田　林出羽守の手足となって働く伊賀の忍。

第一章　蠢動《しゅんどう》する闇

一

神田明神《かんだみょうじん》の灯明《とうみょう》は、一夜の間消えることなく燃え続ける。

平将門《たいらのまさかど》を祀《まつ》り、江戸城の鬼門守護でもある神田明神は、勝負ごとの神でもあり、武家や町人たちからの崇敬が厚かった。参詣《さんけい》の人々も途切れることはない。

といっても、さすがに深更《しんこう》をこえると人通りはなくなる。その神田にいくつかの人影が湧《わ》いた。

「ぬかるな」

「おう」

人影たちがうなずいた。

「ものは、庭の蔵のなか。入って左が金蔵、右が道具蔵。入れられてあるのは、金蔵だ」

「まちがいないのだな」

背の高い人影が念を押した。

「うむ。番頭の一人から聞き出した」

言われた人影が肯定した。

「始末せねばならぬではないか。面倒な」

背の高い人影が愚痴《ぐち》を漏《も》らした。

「しかたあるまい。どこに仕舞われているのかわからねば、探すためのときがかかる。手間がかかれば、それだけ状況は悪くなる」

「そうだな」

納得した背の高い人影が、歩き出した。

「その路地の奥に勝手口がある。そこを押し破れ」

「番頭に開けさせればいいだろう」

「我らが盗みに入るとは言ってないのだ。大切な品ゆえ、ちゃんと保管しているかどうかを知りたいと頼んだのだ」

「うむ。そうだの」

　背の高い人影が納得した。

「だが、生かしてはおけぬ。ことが明らかになれば、番頭はきっとおぬしの問いを思い出す」

「ああ。かわいそうだが、藩の名前を出すわけにはいかぬ」

　人影がうなずいた。

「店に用心棒は」

「一人」

「さしたる障害ではないな」

「うむ」

「しかし、よいのか」

　じっと黙っていた最後尾の人影が口を開いた。

「このようなまねをすれば、二度と金を貸してはくれぬぞ」

「わかっているが、いたしかたない。金貸しの商人は他にもいる。なじんだところを失うのはたしかにつごうの悪いことだが、今回はやむを得ぬ。向こうが要求した形《かた》がよろしくない。他のものならばまだしも、駿府《すんぷ》お分けものぞ。これを借金の形に差し出したなどと幕府に知られてみろ。いかに我が藩といえども、無事ではすまぬ」

「わかっておるが、夜盗のまねごとなど武士のすることではない」

最後尾の人影はまだ納得していなかった。

「藩のためぞ」

「……ううむ」

「考えろ。藩が潰《つぶ》れれば、皆浪人するのだぞ。この世のなかだ。新しい仕官先などまず見つからぬ。そうなれば、明日喰《く》うことも難しい。今ある金などすぐに尽きる。売るものもいつかはなくなる。そうなったとき、貴公は、妻や娘に身体《からだ》を売らせてもよいというのだな」

「それは……」

背の高い人影に言われて、最後尾の人影が黙った。

「覚悟せい。もともと武家は人を殺して出世したのだ。その本質に立ち返るだけよ」

「…………」

　無言で最後尾の人影が引いた。

「では行こうぞ」

　背の高い人影が手を振った。

　十一代将軍家斉《いえなり》の側《そば》に仕《つか》えている小姓《こしょう》組頭林出《で》羽守忠勝《わのかみただかつ》を町奉行坂部能登守広吉が呼び出した。

「どうかなされたのか」

　林出羽守が問うた。

　小姓組頭と町奉行では、町奉行が格上である。石高《こくだか》も当然多く、本来ならば、林出羽守が敬語を使わなければならない。しかし、林出羽守は同僚と話すような口調であった。これは、大坂町奉行であった坂部能登守を、林出羽守が家斉に願って引きあげたためである。遠国《おんごく》で雑務に追われていた坂部能登守は、江戸へ戻れただけでなく旗本として顕職《けんしょく》である町奉行にしてもらったことを喜び、林出羽守を恩人としていた。

「お呼びたてして申しわけござらぬ。昨夜、神田の札差先島屋《ふださしさきしまや》が盗賊に入られ、番頭が一人殺害されましてござる」

坂部能登守が告げた。

「それがどうかしたのか」

江戸の豪商が盗賊に襲われるのは、さして珍しいことではなかった。

「被害を先島屋は言い立てませぬ」

「ほう」

林出羽守が目を細めた。

「裏があるというのだな」

「さようでございまする。どうやら奪われたものが表沙汰《おもてざた》にできぬもののようでござる」

声を坂部能登守が潜めた。

「なんだというのだ」

「駿府お分けものではないかと」

「なにっ」

　さすがの林出羽守が絶句した。

　駿府お分けものとは、家康《いえやす》が死んだとき、子供たちに分けられた遺品のことである。

「なぜ駿府お分けものが、札差の店に」

　林出羽守が訊《き》いた。

「先島屋は尾張《おわり》藩出入り。そして尾張藩は、かなり内証《ないしょう》切羽詰まっておられるとか」

「借金の形に出したというのか」

「生き残った丁稚《でっち》が、漏らしたそうで」

　坂部能登守がうなずいた。

「なんということを。しかし、それを奪われたとなれば、尾張藩は大騒動であろう」

「それが、まったく静かなのでござる。人が出入りするわけでもなく、常と変わらぬとの報告を受けておりまする」

　小さく坂部能登守が首を振った。

「馬鹿な。駿府お分けものをなくしたとなれば、いかに御三家といえども無事ではすまぬぞ……まさか。能登守どの。先島屋を襲った盗賊はどのような者だ」

「先島屋はなにも申しませぬが、幸い、近隣の者で見た者がおりました。黒ずくめながら両刀を差した侍だったとのこと」

坂部能登守が語った。

「殺された番頭が尾張藩を担当していたようで」

「藩の命運を握るお分けものを形に出せば、かならず返済するとの意味となる。そうやって金を引き出しておいて……思いきったことをする」

林出羽守が嘆息した。

「いかがいたしましょう」

「先島屋が被害を届けておらぬのならば、どうしようもあるまい。ないことで咎《とが》めることはできまい」

「承知いたしました。放置いたしまする。では、これにて」

報告を終えた坂部能登守が去って行った。

「藩を潰しかねぬまねをするとは、よほど窮しておるのだな。六十一万石を誇る御三家の尾張でさえ、それならば、他の大名どもも同じであろう。これは使えるの。いくつかの大名貸しをしている商家を探らせよう」

林出羽守が呟《つぶや》いた。

大月新左衛門《おおつきしんざえもん》は、太刀《たち》を外して、山城屋《やましろや》の板の間へ腰を下ろした。

「どうでございましたか」

山城屋昼兵衛《ちゅうべえ》が、笑いながら訊いた。

「いや、なかなかに気詰まりなものだの」

問われた新左衛門が苦笑した。

「一夜、じっとして物音もできるだけ立てないというのは、厳しい。厠《かわや》へ行くのも我慢せねばならぬ」

新左衛門が疲れ果てた顔をした。

「それが、夜回りというものでございますよ。昨今、浪人者が増えすぎまして、なにかと物騒……おっと、大月さまも、今は浪人でございましたな」

昼兵衛が頭を下げた。

「事実で詫《わ》びて貰《もら》う意味はなかろう。しかし、山城屋どのから仕事を紹介して貰い、金を稼ぐ。こうやってみると、どれだけ藩士という身分がよいものであったかわかるわ。三日に一度の勤務さえこなしておけば、先祖代々の禄《ろく》がもらえる。藩に半分持っていかれているとはいえ、長屋に賃料は要《い》らず、米も禄米という現物がある。病《やまい》を得て、任を果たせなくとも生きていけ、年老いれば子供にそのまま譲ることができる」

一度新左衛門は言葉を切った。

「生きていくというのはきびしく、明日の保証がないというのはなんともさびしいことよな。それを思えば、侍とは、じつに楽な商売であった」

「それに気づかないお方ばかりなのでございますよ。侍というだけで人よりも偉いと思いこみ、無理難題も許されると勘違いする。お侍の禄であり、食べている米を作っているのが誰か、それを商《あきな》っているものは、どのような顔をしているのか、まったく気にもとめられない」

昼兵衛が嘆息した。

「とくに浪人したてのお方がひどいですなあ。己のせいで浪人したと思いたくないのはわかりますが、過去を見ていてもしかたありませんでしょう。今は明日の米の心配をしなければならないのでございますから」

「耳が痛いわ」

新左衛門が苦笑した。

「申している側《そば》から……」

入り口を見た昼兵衛が頰《ほお》をゆがめた。

「なんだ……」

背中を向けていた新左衛門が首だけで振り向いた。

「邪魔《じゃま》をする」

薄汚れた衣服を身にした浪人者が暖簾《のれん》を潜《くぐ》って入ってきた。

「いらっしゃいませ」

昼兵衛が、土間へと降りた。

「ここは口入れ屋であるな」

「さようでございまする」

確認に昼兵衛がうなずいた。

「仕事を求めに来た」

「あいにくではございますが、わたくしどもは女の奉公人のみを扱っておりまして」

浪人者へ昼兵衛は頭を下げた。

「なんだと。かつて西国《さいごく》のある藩で剣をとっては、家中《かちゅう》に並ぶ者なしと言われた、この儂《わし》が仕事をしてやると申しておるのだ。すぐにでも用意するのがおまえの任であろう」

大声で浪人者がどなりつけた。

「どのように仰《おお》せられましても、わたくしの店では、女中奉公のみのご紹介でございまする」

昼兵衛は断った。

「武士の頼みが聞けぬと」

「他の口入れ屋さんへ行かれたほうが、よろしいかと」

「この店ならばと見込んでやってきた儂に無駄足をさせるというか」

勧める昼兵衛へ浪人者が凄《すご》んだ。

「なるほど」

ようやく新左衛門は浪人者がたかりに来たのだと理解した。浪人者は、最初から山城屋を妾屋《めかけや》と知って無理を言い、断られたところで難癖をつけ、幾ばくかの金をせしめようとしていた。

「おいで下さいとお願いしたわけではございませぬので」

昼兵衛の声が低くなった。

「なに。女衒《ぜげん》のくせに、武士に向かってその言《い》い様《よう》、無礼であろう」

浪人者が怒った。女衒とは金を取って女を売り買いする者のことだ。

「女衒とは心外な。わたくしは妾屋でございまする」

きっぱりと昼兵衛が言い返した。

「女で金儲《かねもう》けをしているのであろう。同じだ。それより、どうしてくれるのだ、儂に無駄足をさせたのだぞ」

太刀の柄《つか》へ浪人者が手をかけた。

「儂ほどの腕ともなると、一日二分《ぶ》の日当は当然だ。ここで半日は潰された」

暗に一分よこせと浪人者が言った。

「お断りいたしまする。わたくしの金は、女の涙で購《あがな》ったもの。無駄に支払うことはできませぬ」

昼兵衛が断った。

「命が惜しくはないのか」

浪人者が、太刀を抜いた。

「あほうめ」

新左衛門があきれた。

「よしなさい」

相手を刺激しないよう、ゆっくりと新左衛門は立ちあがった。

「なんだおぬしは。かかわりがないならば、ひっこんでいてもらおう」

同じ浪人者である新左衛門へ、浪人者は少していねいな口調で咎めた。

「ここの主《あるじ》には、恩があってな」

新左衛門は太刀を板の間に残したまま、土間へ立った。

「お任せしましたよ、大月さま」

あっさりと昼兵衛は板の間へもどると、帳簿附けを始めた。

「こいつら、馬鹿にするのもたいがいにしろ」

浪人者が太刀を振りあげた。

「あっ」

太刀が鴨居《かもい》に引っかかった。

「室内で太刀を遣うなと師匠は教えてくれなかったのか。それとも、剣の腕ははったりだったのか」

「わっ、わっ」

近づいてくる新左衛門に、浪人者があわてた。太刀を抜こうとするが、焦《あせ》りでかえって動けなくなっていた。

「土間を汚していいか」

脇差《わきざし》を鞘走《さやばし》らせながら、新左衛門が問うた。

「戸障子《としょうじ》には飛ばないようにお願いしますよ。障子は血で汚れると替えなきゃいけませんから」

「気をつけよう」

抜き放った脇差を浪人者の喉《のど》へと新左衛門は突きつけた。

「で、用件はなんだったか」

「ま、待て。待ってくれ」

浪人者が手を振った。

「出て行け。ならば、追わぬ」

新左衛門が殺気をぶつけた。何人もの人を斬《き》ってきた新左衛門の発する気配はすさまじい。

「わ、わかった」

太刀を突き刺したまま、浪人者が逃げて行った。

「ありがとうございました」

昼兵衛が頭を下げた。

「さしたる手間ではない」

突き刺さっている太刀を抜いて、新左衛門は店の外へ放り投げた。

「多いのか」

「昨今増えました。もともとここは、表通りから一本奥へ入ったところにあって、なかなか目につきませぬ。あの手のたぐいが来なくて助かっていたのでございますが、どことも金をたかられるのは、嫌でございますからな。大通りの店が用心棒を置いたり、地回りと手を組んだりして、対処するようになって、こちらへも来るようになりました」

新左衛門の問いに、昼兵衛が答えた。

「さて、出かけましょうか」

「どこへだ」

雪駄《せった》を履いた昼兵衛に、新左衛門は尋ねた。

「お仕事をしていただいたのでございますよ。報酬をお支払いしませんと。味門《あじと》で、中食《ちゅうじき》などいかがで」

「馳走《ちそう》してくれるのか。それはありがたい」

新左衛門が喜んだ。

二

味の長門屋《ながとや》は言いにくいと、短く味門となった店は、山城屋から近い。

「どうぞ」

くたびれた暖簾を片手であげて昼兵衛が、新左衛門を促した。

「すまぬな」

礼を言って新左衛門は、店のなかへと入った。

「いらっしゃいませ。奥へどうぞ」

肉付きのいい女将《おかみ》が、二人を認めて声をかけた。

「今日はなにがいいかな」

奥の小座敷へ腰を下ろしながら、昼兵衛が問うた。

「鮪《まぐろ》がございますよ」

店の奥、調理場から味門の亭主が顔を出した。

「葱《ねぎ》と一緒に煮ております。あと、豆腐の餡《あん》かけが」

「それでよろしゅうございますか」

「けっこうだ」

昼兵衛の確認に、新左衛門は同意した。

「じゃあ、その二品とおつゆを頼もうか。酒もね。あと、飯はわたしは普通でいいが、大月さまへは大盛りでね」

「承知しましたあ」

女将が注文を受けた。

「そろそろ二カ月になりまするが、長屋の暮らしはいかがで」

新左衛門の盃《さかずき》に酒を注《つ》ぎながら、昼兵衛が訊いた。

「慣れたな。というか、変わらぬ。朝起きて、飯を炊き、仕事に出て、帰ってきて眠る。藩邸で過ごしていたのと同じだ」

酒を口にしながら、新左衛門は答えた。

「あと、優しいな」

新左衛門が盃を置いた。

「隣近所が毎日気を遣ってくれる。煮物を作ったから、もらいもののお裾分《すそわ》けと、声をかけてくれる。藩邸にいたころには、なかった」

しみじみと新左衛門が言った。

「よろしゅうございましょう。浅草は」

「ああ」

新左衛門はうなずいた。

「雇われて商家の見回りをするだけで、一人口なら喰える。眠っていたければ、昼まで寝ていても文句は言われぬ。上役に頭を下げずともよい。気楽だ」

「なによりでございますな」

昼兵衛が笑った。

「山城屋」

「これは山形《やまがた》さま」

見れば、一つ奥の小座敷で昼兵衛旧知の浪人山形将左《しょうざ》が手を振っていた。

「明るいうちからお酒でございますか」

「先ほど帰ってきたところよ。ここで酒と飯をすませて、寝ようと思ってな」

山形が告げた。

「この度《たび》はどちらで」

「伊丹屋《いたみや》よ」

「薬種問屋の」

「ああ。といっても店じゃないぞ。寮のほうだ」

山形が断りを入れた。

「寮……どこにありましたかね」

さすがにそこまでは知らないと昼兵衛が首をかしげた。

「根岸《ねぎし》よ」

「寛永寺《かんえいじ》の山下でございますな。たしかに、あそこには別邸が多ございますな」

昼兵衛が納得した。

根岸は上野寛永寺の山陰になる。四季折々の風景が楽しめ、幽趣であるとして文人墨客が好んで住んだ。

「商人は裕福なものだ。別邸など武家でもそうとうな大身《たいしん》でない限り、持てるものではないのにな」

酒を飲み終えた新左衛門が感心した。

「倹約令《けんやくれい》が出るたびに、問題とはなりますがね。まあ、世のなか、金を持っている者が強いということでございますよ」

まだ世慣れていない新左衛門へ、昼兵衛が諭《さと》した。

「山形どの。別邸でなにをなされておられるのか」

「我らにできることは一つであろう。用心棒よ」

問われた山形が述べた。

「別邸の警固でござるか。さぞや別邸には高価なものが置かれておるのでございましょうな」

用心棒を雇ってまで守らなければならないものが本店だけでなく、別邸にもある。豪商とはすごいものだと、新左衛門が感心した。

「高価といえば、高価なのだろうがなあ」

「たいせつになされてはおられるようでございますな」

山形と昼兵衛がみょうな反応を返した。

「なんだ」

二人のようすに新左衛門がとまどった。

「大月どのよ」

山形が盃を干した。

「伊丹屋の寮にあるのはな、観音《かんのん》さまよ」

「といっても仏像ではございませんよ」

ほほえみながら昼兵衛が続けた。

「……わからぬ」

新左衛門は首をひねった。

「貴殿も拝んだことはあるはずだがな」

からかうように山形が言った。

「女のことでございますよ」

「……女」

「妾よ、妾」

山形が繰り返した。

「妾が観音さま……それほどの女なのでござるか」

ようやく理解した新左衛門が訊いた。

「一枚絵になったほどの女だ」

盃を口にしながら、山形が告げた。

「少し前まで柳橋《やなぎばし》で芸妓《げいこ》をしておりました女で、東都十人姿に選ばれたほどの美形でございますよ。それこそ加賀前田家のご家老さまから、日本橋の大店《おおだな》の主まで、金に糸目をつけず、手のものにしようと争ったほどでした」

「それをどうやったかは知らないが、伊丹屋がものにした」

あとを山形が続けた。

「かなりの金を遣ったようでございますがね。もう一つ別の手立てが効いたようで」

「別の手立てとはなんだ」

山形が興味を示した。

「あの妾には病弱な母親がいるそうで、その母親の薬を伊丹屋なら用意できたとか」

「そうか、伊丹屋は薬種問屋だったな」

昼兵衛の答えに、山形が納得した。

「それでか。妾の顔が死んでいるのは」

「親を人質に取られているようなものでございますからな」

山形の言葉に、昼兵衛も苦い顔をした。

「一つお伺いしたいのだが……」

「なにか」

「貴殿は、その妾の番を」

「うむ。用心棒とは盗まれては困るものを守るのが仕事である。それが人であっても、ものであっても変わらぬ」

「妾を盗むと」

「そうだ。あの女を巡っては、暴力沙汰さえ起こったほどだ。伊丹屋が芸妓を引かせたとはいえ、あきらめきれない者は多い」

「たしかに、あれほどの美貌《びぼう》ともなれば、男を狂わせて不思議ではございませんな。伊丹屋さんもようやく手にした花を狙《ねら》われたんじゃ、不安で仕事も手につきませんでしょう」

昼兵衛が同意した。

「そうですねえ。八重《やえ》さんが凜《りん》とした清冽《せいれつ》な川のような美しさだとすると、あのお妾さんは、男の心を溶かす魔性の魅力。そう、まるで妖《あや》かしのような。男を引きつけて狂わせる美貌と申しましょうか」

八重とは新左衛門が伊達《だて》家を離れる原因となった女のことだ。弟の学問の費用を稼ぐため山城屋をつうじて仙台藩主伊達斉村《なりむら》の側室となったが、世継ぎ問題に巻きこまれ、命を狙われた。新左衛門は八重の警固に付けられているうちに、藩主さえも道具としてしか見ない藩の重臣たちに愛想を尽かし、斉村の病死を受けて、八重が伊達家を辞すのについて浪々の身となった。八重とは同じ長屋に暮らしているが、どうしても旧主の側室として見てしまい、新左衛門は一枚の壁を作っていた。

「おかしくはないか」

新左衛門が疑問を呈した。

「それほどの女が奪われないようにと考えるのはわかる。だが、用心棒を付けては、かえって不安であろう。用心棒も男だぞ」

「ああ。そこでございますか」

疑義を理解した昼兵衛が笑った。

「山形さまは大丈夫なのでございますよ」

「大丈夫……」

言われた新左衛門が山形を見た。

「おい。失礼なことを考えておるだろう。拙者《せっしゃ》は立派な男だ」

山形が苦笑した。

「女を商売の糧《かて》とする妾屋でございますが、男の方を斡旋《あっせん》させていただくこともございまする」

昼兵衛が酒で口をしめらせた。

「一つは男妾」

「男妾とはなんだ」

「だいたいはご想像つきましょう。妾の男版でございますよ。月にいくらと手当を決めて、女に囲われる」

「男が か……」

説明を聞いた新左衛門が驚愕《きょうがく》した。

「はい。男に女を抱きたいという欲求があるように、女にも抱かれたいという思いはあるのでございますよ。とくに、一度男の味を知ってしまった寡婦《かふ》などは。その辺の長屋の女ならば、適当な男と番《つが》えばすみまするが、名の知れた商家やお武家さまとなるといろいろなしがらみがからみ、もう一度婿《むこ》を取るのも難しい。かといって我慢ばかりしていると、うかっと変な男に捕まってしまうかも知れません。そこで、身体のつきあいだけで、決して店や家へ口出しをしない男が要りようとなりまする」

「女が身体の欲を発するために、男を求める……」

新左衛門は絶句していた。

「おぬしは、女を知らぬのか」

「知ってはおりまするが……」

山形の問いに、新左衛門は少し恥じた。

「女郎だけということだな」

「…………」

沈黙で新左衛門は肯定した。

「ではわからぬか。遊女たちは、いかに男の欲を早く発散させるかしか考えていないからな。遊女を抱いたていどで、女を知ったと思ってはいかぬ。そうよな、数カ月以上、一人の女と起居を共にして、ようやく知れるといったところか」

しみじみと山形が述べた。

「山形さまにも、そういうときが」

「意外そうな顔をするな、山城屋。拙者とて若いころはあったのだ」

目を見張る昼兵衛へ、山形が言い返した。

「身体の繋《つな》がりができ、逃げられぬほど深い仲となって、女はようやく正体を現す。そうすればわかる。どれほど女が欲深いか」

「なにがあったのでございますか」

苦い顔をした山形へ、昼兵衛が尋ねた。

「拙者の恥だ。勘弁してくれ」

山形が拒んだ。

「男妾とは後腐れのない男と考えてくれればいい」

さっさと山形が、話をもとへ戻した。

「承知いたしましてござる」

新左衛門がうなずいた。

「で、男妾とは違う仕事がもう一つございましてな」

話を昼兵衛が引き取った。

「妾の用心棒で」

「……妾の用心棒」

「さようで。男というのは嫉妬《しっと》深いものでございましてな。己の妾に他の男がちょっかいを出すのは我慢できないというお方が多いのでございますよ。それに妾のなかには、好きな男を作って、旦那《だんな》の来ない間に逢《あ》い引《び》きをするような不心得者もおりまする。そういう男から妾を守るのが、用心棒で」

「さきほども申したが、用心棒とて男であろう」

「ですから、妾屋の保証がついておるのでございますよ」

昼兵衛が答えた。

「妾屋の斡旋した用心棒は、ぜったいに女へ手出しをしません」

「仕事だからな。目の前で楊貴妃《ようきひ》が裸で誘っても、ふんどしを緩《ゆる》めることはない」

断言する昼兵衛に、山形が続けた。

「その分、世間の用心棒より日当は高いですがね」

昼兵衛が笑った。

「もし、約定《やくじょう》を破ったら……」

あえて新左衛門が突いた。

「男でなくすだけでございます」

笑いを消して昼兵衛が告げた。

「女を連れて逃げても、すぐに足がつきまする。一人なら逃げられても、女づれとなると話は変わりまする。なにせ、妾になるほどの女でございますからな。どうしても目立ちまする。かといって、野宿などできませぬ。また、女の足は遅い。一日で動ける範囲も知れておりまする。となれば、足取りを追うのは簡単で。もっとも、そんな目先の見えない愚かなまねをするようなお方に、妾番を依頼することはございません。妾屋は、人を見る目がなければ、やっていけませぬので」

昼兵衛が強く言った。

「ふむ」

「ですから、わたくしの店で、今妾番をお願いできるのは、山形さまともうお一人だけ」

「少ないのだな」

「まあ、需要もそれほどございませんし」

鮪へ箸《はし》を伸ばしながら、昼兵衛が首を振った。

「だな。日当はいいし、雑用を命じられもせぬ。妾番はありがたい仕事なのだが、めったにない。そこまで妾に入れこむ男が少ないからだろうが」

山形が嘆息した。

「基本、妾は期限のある奉公でございますからな」

「期限があるのか、男と女の仲であろう」

またわからないことが出てきたと、新左衛門が首をひねった。

「期限なしというのは、御上《おかみ》の法に触れるのでございますよ。終生奉公は人身売買となってしまいますので。かの吉原《よしわら》でさえ、二十八歳になると遊女の年季は明けまする」

「そうだったのか」

新左衛門が驚いた。

「はい。妾奉公はもっと短いですがね。ほとんどが三年、なかには一年というのもございまする」

「一年とは短い」

「もちろん、年季は繰り返せまする。といっても十年はまずございませんな」

「なぜだ」

「十年も続くなら、嫁にしてしまえばよいのでございますよ。そうすれば、少なくともお手当は要らなくなりまする。ぎゃくに妻がいて嫁にできない男なら、妾を求める場合は、三年もすれば新しい女を欲しがりまする。同じ女では飽きるからなのでございましょうがね。あるいは、情が絡《から》んで別れにくくなるというのもございましょう。妾といえども女。花の時期は短《みじこ》うございますからな。その一生を背負う覚悟がなければ、短期で放してやるのが粋というもの。まあ、とどのつまりは最後の責任を負いたくないだけなんですがね」

昼兵衛が苦笑した。

「さて、思わず話しこんでしまったが、そろそろ拙者はねぐらへ帰る。眠くてたまらぬ」

大きなあくびを見せて、山形が帰って行った。

「わたくしどももすませてしまいましょう。大月さまもお仕事でございましょう」

「ああ。少し拙者も寝ておかねば、夜が辛《つら》い」

二人もあわてて昼食を片付けた。

三

夜陰に紛れて、黒ずくめの男たちが路地を音もなく駆けた。

「…………」

合わせたように、商家の勝手口が開き、寝間着姿の若い女が顔を出した。夜目にもはっとするほどの美形である。

「伊勢屋《いせや》は」

黒ずくめの男が問うた。

「疲れ果てて寝ております」

「よし」

女と黒ずくめの男が顔を見合わせてうなずきあった。情事の跡を明らかに残して、着崩れている女の様子にも、男たちは気を向けず、女もはだけた襟元《えりもと》から豊かな胸乳《むなぢ》が見えているのを隠そうともしなかった。

男たちは勝手口を潜り抜け、そのまま母屋《おもや》へと侵入した。

「鍵《かぎ》」

母屋の奥、蔵前に着いた黒ずくめの男が短く言い、女が胸から鍵を出した。

「…………」

受け取った男が、蔵の扉を開けた。

「灯《あか》り」

別の黒ずくめの男が、小さながん灯《どう》を用意した。灯りを持った男を先頭に、黒ずくめの男たちが蔵のなかへ入った。

「これか」

何重にも包まれた木箱を、黒ずくめの男が持ちあげた。

「確認いたせ」

ずっと命令を出している黒ずくめの男が、命じた。

「…………」

包装が解かれ、小さな木箱が現れた。

「まちがいない」

箱書きを読んだ男がうなずいた。

「よし。後始末を」

箱だけを持ち出すと、何もなかったかのように蔵の扉を閉じ、鍵をかけた。

「任せる」

黒ずくめの言葉に女がうなずいた。

男たちが出て行った勝手口を閉めた女は、蔵から近い部屋へと帰った。

寝床で眠っている男の様子をうかがうと、女は鍵を奥の手文庫へ戻した。

「ふっ」

もう一度男が寝ているのを確認した女は、鼻先で笑うと寝間着の前をはだけて夜具へと潜りこんで目を閉じた。

湯屋で汗を流した新左衛門は、用心棒として雇われている浅草門前町の両替商《りょうがえ》分《ぶん》銅屋《どうや》へと向かった。

「参上つかまつった」

勝手口から入った新左衛門は、台所で声をあげた。

「これは、先生」

台所女中が、新左衛門に気づいた。

「通させてもらおう」

「どうぞ。あとで白湯《さゆ》とお夜食をお持ちします」

「すまぬな」

一礼して新左衛門は、奥へと向かった。

新左衛門の仕事場は、分銅屋の奥、屋敷のなかにしつらえられた蔵の前であった。

分厚い漆喰《しっくい》で固めた壁を持つ蔵のなかには、数千両の金が仕舞われていた。

「大月さま」

夜食として出されたどんぶり飯と味噌汁《みそしる》を片付けた新左衛門の前に、分銅屋の主、伊右衛門《いえもん》が顔を出した。

「これは主どの」

新左衛門は上座を譲った。

「いやいや。お武家さまにそこまでしていただいては、かえって気詰まりでございますよ」

伊右衛門が手を振って、下座へ腰を下ろした。

分銅屋伊右衛門は、浅草で五代続いた老舗《しにせ》の両替屋の主である。まだ三十代ながら、しっかりとした商いには定評があり、諸大名の出入りも多い。

「大月さまは、山城屋さんとお親しいので」

「それほどつきあいが長いわけではないが、親しくはさせてもらっている」

問われた新左衛門は答えた。

「ご謙遜《けんそん》を。あの山城屋さんが、推薦されるなどないことなのでございますよ」

伊右衛門が述べた。

「主どのは、山城屋どのとご面識が」

「ご面識がと言われますと、少し面《おも》はゆうございますが。わたくしは山城屋さんの顧客でございましてな」

「それは」

照れるように言う伊右衛門へ、新左衛門は申しわけないと頭を下げた。

「いやいや、お気になさらず。こういう商いをしておりますと、遊びで家を空《あ》けるのが難しゅうございましてな。出ても居場所がはっきりしていないと困りまする」

両替屋は、その日の銭の相場で、交換率が変わる。銭が下がったのを知らなければ、損をすることも多い。

「まあ、吉原とかへ行けば、すむ話なのでございますが、ご存じのとおり、一夜の遊びにしては高《たこ》うございましょう」

「あいにく行ったことがないのでわかりませぬ」

同意を求められた新左衛門が、首を振った。

「格子女郎《こうし》を吉原で一夜あげれば、およそ一両かかりまする」

「一両……」

新左衛門が絶句した。

一両あれば、庶民四人が店賃も入れて一カ月余裕で生活できる。

「十日に一度だとしても、月に三両。それに対して妾は、月の障《さわ》りがある間は駄目だとしても、毎日抱いたところで、月に二両から三両も出せばすみまする」

淡々と伊右衛門が述べた。

「かといって変な女を店へ入れては、ろくなことになりませぬ。そういうとき山城屋さんはたいへんにありがたい。といったところで、今の妾は縁あって来ましたので、山城屋さんではないのでございますがね」

「なるほど」

昼兵衛がなにより信用と言っていたのはこのことかと、新左衛門は理解した。

「で、なにか」

新左衛門は本題を促した。

用心棒と無駄話をするほど伊右衛門は暇ではないはずであった。

両替商は、店を閉めた後が忙しい。商いする品が現金なのだ。帳面と突き合わせ、その日の出入りが狂っていないかどうかを確かめるだけでなく、ちゃんとした比率で交換していたか、手数料はあっていたかなど、点検する項目は多い。

もちろん、手慣れた番頭がいるので、実質主の仕事はないにひとしいとはいえ、帳場に伊右衛門がいるかどうかは、大きい。奉公人たちの気合いが違ってくる。

「妾番の手配を、山城屋さんへお願いしたい」

「……………」

新左衛門は首をかしげた。つい今、伊右衛門の口から女など金がかからないほうが良いと聞いたばかりである。

「直接山城屋どのへ、話を為されたほうがよろしいのでは」

「山城屋さんへ、わたくしが入るのを見られたくないのでございますよ」

伊右衛門が首を振った。

「ひそかにご手配を願いたいとお伝え願いたい。これは些少《さしょう》でございますが……」

懐《ふところ》から紙に包まれたものを伊右衛門が出した。

「それは……」

日当を貰っている身である。新左衛門は遠慮しようとした。

「受け取っていただかねば困ります。これは、いつもの仕事とは別の依頼なのでございますから」

伊右衛門が強く言った。

「……では、遠慮なく」

新左衛門は中身も見ず、紙包みを懐へ入れた。

「明日にでも山城屋へよりまする」

「お願いいたしました」

用を終えた伊右衛門が去って行った。

「さて、気合いを入れるか」

一人になった新左衛門は、立ちあがって身体を動かした。今から夜が明けるまで、用心棒として寝ずの番をしなければならない。

「よし」

関節をほぐした新左衛門は蔵の扉に背をもたれかけさせた。

なにごともなく一夜を終えた新左衛門は、一度長屋へ戻り寝床へ身体を横たえた。用心棒のありがたいのは、朝と夜の二回、奉公人と同じものだが、飯を出してもらえることだ。徹夜の後空《す》きっ腹をかかえて長屋へ戻り、そこから飯を炊くのはさすがに辛い。

二刻（約四時間）ほど眠った新左衛門は、顔を洗うために長屋の井戸へ向かった。

「おや、大月さま、今お目覚めで」

井戸端でしゃべっていた長屋の女房連中が、釣瓶《つるべ》を空けてくれた。

「すまぬな。皆は洗濯か」

軽く頭を下げて、新左衛門は釣瓶の水を持ってきた桶《おけ》へと移した。

「洗濯ものがあれば、してあげますよ。遠慮なくお持ちくださいな」

女房が言ってくれた。

「かたじけない。幸い、洗濯するほどのものはないな」

顔を洗いながら、新左衛門は断った。

「ふんどしもございませんか」

「うむ」

「何日締めておられますので」

「まだ三日だが……」

新左衛門は戸惑った。

「あきれた。身形《みなり》はくたびれていても、洗い立てのふんどしを締めるのが江戸の男でございますよ。さあ、脱いで」

ため息をついた女房の一人が新左衛門へ迫った。

「ま、待ってくれ。今から出かけねばならぬのだ」

急いで、新左衛門は顔を洗った。

「しかたござんせんねえ。あとで、勝手に大月さまの長屋へ入らせてもらいますよ」

「す、すまぬ」

盗《と》られるようなものなどはなからない。金はいつも身につけているし、仙台藩から渡された手切れ金とも言うべき金は、山城屋へ預けてある。

「行ってくる」

恥ずかしいと新左衛門は小走りに長屋を出た。

山城屋は浅草門前町の表通りから一つ曲がった辻《つじ》沿いにある。

「ごめん」

「おや、大月さま。二日続けてとはお珍しい」

昼兵衛が驚いた。

「山城屋どのに用があってな」

「そうでございますか。では、しばらくお待ちくださいませ。この娘をすませてしまいますのでね」

「ああ」

新左衛門は首肯《しゅこう》した。

「で、生まれは松戸《まつど》でいいのだね」

「はい」

まだ初々《ういうい》しい娘が、大きく首を縦に振った。

「どうして妾になろうと思ったんだい」

「このままだと遊女屋へ売られそうだったから」

娘がうつむいた。

「読み書きもできないあたしなんかに、まともな奉公先が見つかるはずもない。でも、たくさんの人の相手をしなきゃいけない女郎さんはいやだ」

「なるほどね。実家はお百姓さんかい」

「商いを」

問われた娘が答えた。

「何歳になるのだい」

「十五歳」

「ちと厳しいねえ」

聞いた昼兵衛が頬をゆがめた。

「十六歳にならないとお仕事を紹介してあげられないんだよ」

「そんなあ」

娘が泣きそうな声を出した。

「かわいそうだが、決まりなんでね」

「行くところがない」

「あと何カ月だい」

優しく昼兵衛が訊いた。

「あと二カ月と十日」

蚊の泣くような声で娘が述べた。

「どうする。普通の奉公先なら、別のお店を紹介してあげられるけどね」

「お金が要る」

娘が首を振った。

「住みこみの奉公ならば、衣食住は保証されるよ。確かにお給金はその分安いけれど、生きていくには困らないと思うが。お妾奉公は、お金にはなるけど、お嫁に行くのが難しくなるよ」

諭すように昼兵衛が言った。

「妹が、妹が売られてしまう」

必死の形相《ぎょうそう》で、娘が告げた。

「なるほど」

事情を理解したと昼兵衛が嘆息した。

姉が居なくなれば、妹となるのは、お定まりであった。借金の形にとられた女に、逃げ道はなかった。よくて吉原、普通は岡場所へ売り飛ばされる。運が悪ければ、病をもらって半年から一年で死ぬことになる。

「しかたないねえ」

昼兵衛が娘を見た。

「十日後に、おまえさんは十六歳になる。いいね」

「えっ」

娘が驚きの顔をした。

「妾奉公に人別《にんべつ》は要らないからね。二カ月くらいなら、どうとでもできる。ただし、本当の歳《とし》を漏らしたら、おまえさんだけでなく、わたしも罪になるから。お奉行所が来る前に、かたをつけさせてもらうことになるよ」

表情を引き締めて昼兵衛が脅した。

「…………」

　無言で娘が何度も首を大きく振った。

「じゃ、二階へ荷物をもってあがりなさい。あとで、身体をあらためさせてもらうから」

「身体を……裸になるのですか」

　娘が両手で身体を抱きしめた。

「当たり前だよ。商品を確認しない商人がいるかい。心配せずともいいよ。わたしは何百という女の裸を見てきたからね。もちろん、いっさい触れたりはしない。それが嫌なら、家へ帰るか、普通の奉公先で我慢することだ」

　昼兵衛が突き放した。

「は、はい」

　言われて娘が同意した。

「ああ、月のものはもうあるかい。さすがに女になってさえもいない子供を紹介するわけにはいかないからね」

「去年から」

「結構だ。じゃ、あがりなさい」

階段を昼兵衛が指さした。

二階へあがって行く娘を見送った新左衛門が、昼兵衛へ目を戻した。

「よいのか」

「歳のことでございますか」

「うむ。ばれれば、まずいのであろう」

「大事ございませんよ。御上が決められているわけじゃございませんから。もし、そうなら丁稚奉公はできませんでしょう」

「ではなぜ」

まったく気にしていない昼兵衛に、新左衛門は問うた。

「普通の奉公と違って、妾奉公というのは、一つまちがえれば、先日も申しましたように人身売買になりまするので。十六歳以上としているのは、己でものごとを決めたという、まあ、逃げ道のようなものでございますが」

「それで十六歳にこだわったのか」

「吉原では、十四歳で見世《みせ》に出すこともあるといいますが、それは大門《おおもん》内に幕府の法は届かないという慣例があるからでございますよ」

「そうなのか」

伊達藩士だったころ、新左衛門は吉原に行けるほど裕福ではなかった。

「吉原ではやられ損で。大門内で殺されても、御上は動いてくれません。もっとも、下手人《げしゅにん》は吉原が始末しますがね」

「町人ならわかるが、各藩の侍や旗本では、無理だろう」

「いえいえ。かえってそっちのほうが、後始末が楽なんでございますよ。うちのお客さまでもそうでございますがね、妾宅で急死なされたりすると、ご一族の方々が家名にかかわるとして、密《ひそ》かに片付けをしてくださいます。そのうえ、妾には口止めの金までくださいますので、ありがたいかぎりで」

新左衛門へ、昼兵衛が笑いかけた。

「怖いものだな」

「世間の闇《やみ》でございますから、妾というのは」

あっさりと昼兵衛が言った。

「さて、無駄話はそこまでにして、大月さまの御用をうかがいましょう」

昼兵衛が話を切り替えた。

「分銅屋さんからな、おぬしに伝えてくれるよう頼まれた。妾番を一人手配して欲しいそうだ」

「……分銅屋さんが……はて」

首をかしげた昼兵衛が、帳面をたぐり始めた。

「やはり、分銅屋さんに妾のお世話をしたのは、五年前。そのときの女は、三年前にお暇をもらっておりますな。今の妾はわたくしの関係のないお方」

昼兵衛が呟いた。

「なにか縁あってと言っていたが。知り合いかなにかではないのか」

「そうかも知れませんがね。この商売は信用第一、一度つきあえば、ずっと顧客になってくださるのが普通で。なかには、父親と息子の二代にわたってお得意さまというお方もございますくらいで。もっとも別の妾屋へ行かれるというのもないわけじゃございませんが」

新左衛門の言葉へ、昼兵衛が疑問を口にした。

「なにより、別の妾屋とおつきあいなされているなら、そちらで妾番を手配するのが、筋でございまする」

「それはそうだな」

聞いた新左衛門が納得した。

「わたくしをとおさず、妾を雇われた。縁あってといえば、妾屋の紹介じゃない。少し気になりますねえ。前の妾は……ああ、お里《さと》さんか。一度確認してみなければいけませんね」

あらためて昼兵衛は帳面を見た。

「それにしてもみょうですねえ」

昼兵衛がいっそう不審な顔をした。

「まだ疑問があるのか」

「いえね。分銅屋さんは、お金にしっかりしているお方でね。女はお好きなんでございますが、余分な金はかけないはずなんでございますよ。妾なんぞ浮気したら、丸裸で放り出して当然。そのうえ、妾屋の紹介ならば、斡旋料を返してもらえるだけ儲けという人が、妾を見張るための用心棒を雇うなど……」

腕組みをして昼兵衛が考えこんだ。

「それほどに悩まねばならぬのか」

単純に人を紹介するだけだと思っていた新左衛門が、驚いていた。

「はいそうですかといかないのが、この商売でございましてね。相手の言うことを素直に信じていたら、あっというまに店なんぞ潰れてしまいまする」

昼兵衛が立ちあがった。

「ちょっと出かけて参ります」

「分銅屋さんには、どう返事をしておけばいい」

新左衛門が問うた。

「今は適切なお方がおられないので、しばしお待ちをと」

「承知した」

新左衛門はうなずいた。

四

店を出た山城屋昼兵衛は、浅草門前町に出ると、山門に背を向けて歩き、三つほど先の辻で曲がった。

「海老《えび》さん、いるかい」

並んでいる小店の一つ、開けっ放しの戸の前から昼兵衛が呼んだ。

「いるよ。って誰だい」

薄暗い店のなかから返答がした。

「山城屋だけどね。ちょっと頼みがあってね」

「こいつは、山城屋の旦那でござんしたか。散らかしてやすが、どうぞ」

「忙しいところを悪いね」

昼兵衛は、なかへ入った。

「どうぞ、おかけくださいやし」

海老と呼ばれた若い男が、あわてて室内を片付けた。歌舞伎役者にあやかって海老蔵《えびぞう》と親はつけたのだが、おめえにその名前はもったいないとして、周囲みんな海老と呼び始め、すっかり定着していた。

「あいかわらずすごい紙の量だねえ。さすがは浅草一の読売屋《よみうりや》だ」

腰掛けながら昼兵衛が感心した。

読売屋とは質の悪い紙に、江戸での出来事や、怪しい評判などを刷って、一枚四文《もん》で売る商売である。上は老中《ろうじゅう》の交代劇の裏側から、下はどこの店の下女が、誰と懇《ねんご》ろになって子を孕《はら》んだまで、あらゆることに精通していなければなりたたない商売であった。

「かんべんして下さいな。で、今日は」

何枚もの紙を手づかみにしながら、海老が訊いた。

「ちょっと教えて欲しいんだよ。最近、分銅屋さんでなにか変わったことはなかったかい」

問いながら、昼兵衛は、一朱銀を海老の前へ置いた。

「分銅屋さんなら、先月、新しい妾を囲われたのと、しもた屋を一軒手に入れられたくらいでござんすねえ」

軽く頭を下げて、一朱銀を受け取った海老が言った。

「しもた屋を。空屋のままにして傷むより妾宅にしたほうがましか。分銅屋さんらしい」

小さく昼兵衛が笑った。

「どこの口入れ屋から」

「じゃないようでござんすよ。なにやらお店へ奉公に来た女中だとか」

「女中ねえ。縁あってには違いないか」

昼兵衛が腕を組んだ。

「一盗二婢《いっとうにひ》といいやすからねえ」

海老がにやりと笑った。

女中に手を出す主は多い。ちなみに一盗とは、他人の女房の相手をすることで、色遊びではもっともおもしろいとの意味である。

「その女中はどこから」

「わかりやせん」

「奉公人は口入れ屋をとおすものだよ。とくにお金を扱う両替商が、見ず知らずの女を雇うはずなんぞない」

身元の怪しい者を雇ってなにかあれば、金銭の被害はもとより、店の信用にもかかわってくる。浅草門前町あたりの料理屋ならばまだしも、まともな商家は保証人のいない奉公人を使わない。

「ということは、その女中が伝手《つて》を持っていたか……」

「よそで女を見初《みそ》めた分銅屋さんが、世間体を整えるために、奉公という形をとったかでやしょうねえ」

海老が続けた。

「その女中を調べておくれな」

昼兵衛がもう一朱取り出した。

「よろしゅうござんす」

引き受けた海老が金を懐へしまった。

「他になにかおもしろい話はないかい。とくに女絡みで」

「伊勢屋さんが、襲われた一件はご存じで」

「ああ、噂《うわさ》は聞いたよ。なんでもみんなが寝静まっている間に、そっと入りこんで、蔵のなかからいい品物だけを持って逃げ出したという」

話を振られた昼兵衛が言った。

「その伊勢屋さんにいた妾が、暇をとったんで」

「ほう」

妾の話となると、どのようなことでも知っておかねばならない。昼兵衛が興味を示した。

「こんな恐ろしい店にはいられないと、盗人《ぬすっと》の入った翌々日に出て行ったそうで」

「挨拶金《あいさつ》はどうなっていたんだい」

妾の多くは年季奉公である。年季が明けるまでは、勝手に辞められない。無理に辞めるならば、相応の金を払わなければならない決まりである。

「それが払われていないので」

「…………」

昼兵衛の目がすっと細められた。

「さすがでやすね。お気づきになられたようで」

海老が感心した。

「身元引受人がいなかった」

「さようで」

「どこの口入れ屋だい」

「四条屋《しじょうや》さんで」

「……四条屋さんか」

聞いた昼兵衛が、首をかしげた。

「四条屋さんは、京に本店を置く老舗だよ。妾奉公を希望する女の身元を確認しないなどという失敗はしないはずだ」

昼兵衛が首を振った。

四条屋は、京女を江戸に斡旋する店として、名を知られていた。妾屋のなかでも大店で、浅草の片隅で町内の女を付近の旦那衆に紹介して、斡旋料を稼いでいる山城屋とは規模が違った。

「これも調べやすか」

「頼めるかい」

確認する海老へ、昼兵衛は首肯した。

「ついでてよろしければ」

「お願いするよ」

用をすませて昼兵衛は、海老の長屋を出た。

「明日から、日中もお見えいただけませんか。日当は倍額お出ししますし、食事も三度用意いたしますので」

いつものように夕刻分銅屋へ出向いた新左衛門へ、主の伊右衛門が言った。

「願ってもないことだが、どうかなされたのか」

新左衛門が問うた。

「こちらへ」

伊右衛門が、新左衛門を店の外へ誘《いざな》った。

「これを……」

「……これははしごを置いた跡か」

店の裏手、隣家との辻にくっきりとしたくぼみが二つ並んで残っていた。

「おそらく」

「お隣が植木屋とか大工を入れたというのは」

「ございません。そうであれば、気づきまする」

「…………」

首を振る伊右衛門から目を離して、新左衛門は跡を調べた。

「まだ新しいな」

くぼみの角がはっきりしていた。

「なにか変わったことは」

「今のところはなにも」

問われた伊右衛門が首を振った。

「金は帳面どおり、金種もそのままにございました。蔵のなかも全部確認しましたが、まったく異常はございません。開けられたようすさえございませなんだ」

「となると……下見か」

「はい」

伊右衛門がうなずいた。

「昨夜も、深川《ふかがわ》で盗人騒ぎがあったようでございますし」

「それは不安であろうな。さあ、お店へ帰られよ。拙者は少し、周りを見て参りますゆえ」

「よろしくお願いします」

促された伊右衛門が、離れて行った。

「はしごか」

新左衛門は路地の左右へ目を走らせた。

分銅屋と隣の米屋の間にある路地は幅半間《けん》（約九十センチメートル）の細いものである。分銅屋に背を向けている新左衛門の右手が表通りへ、左はさらに混み合った家々の隙間《すきま》へとつながっていた。

「他人目《ひとめ》にはつきにくいが……はしごを持ってうろつけば目立つな。となれば、これは昨夜のものということになる」

はしごの位置から分銅屋を見た新左衛門は、そこが蔵の真裏であると確認した。

「伊右衛門どの。あの蔵はなにを」

店へ戻った新左衛門が問うた。

「あそこは、道具などを入れている蔵で」

「金目のものはござるのか」

さらに新左衛門は尋ねた。

「茶道具などもございますので、多少は値の張るものもございますが……」

伊右衛門が首をかしげた。

「両替屋に盗人に入って金を盗らないとは考えにくいな」

「はい」

新左衛門の言葉に伊右衛門が首肯した。

「なにか特別なものがあるというのは」

「その蔵にはございません」

「屋敷の内蔵にはあると」

「ございますが……なにとは申せませぬ」

伊右衛門が拒絶した。

「たしかに」

当然の返答だと新左衛門は納得した。

「町方《まちかた》へは報《しら》せたのか」

「先ほど、番頭を南の権堂《ごんどう》さまへ」

分銅屋ほどの店ともなれば、町奉行所に伝手を持っていた。これを出入りといい、なにかことがあったとき、素早く動いて貰ったり、内々ですませたりするための便宜をはかってくれる。もちろん、節季節季の付け届けの他に、いろいろ気を遣わなければならないが、その見返りは十分にあった。分銅屋は代々南の与力《よりき》権堂を出入りとしていた。

「旦那、南の旦那がお見えに」

番頭が一人の町方を伴って帰ってきた。黒の巻き羽織、黄八丈《きはちじょう》の小袖《こそで》と一目で町方同心とわかる風体《ふうてい》であった。

「これは、猪野《いの》さま」

伊右衛門が立ちあがって出迎えた。

「久しいな。分銅屋。権堂さまより指示を受けて参った」

猪野が軽く手をあげた。

「ありがとうございまする。じつは……」

「なるほどな。それは心配なことだ」

説明を聞いた猪野がなぐさめた。

「貴殿は」

猪野が、新左衛門を見た。

「こちらは、夜の間の見回りをお願いしております大月新左衛門さまで」

「大月でござる」

紹介された新左衛門は一礼した。

「南町奉行所臨時《りんじ》廻《まわ》り同心猪野厳左《げんざ》でござる」

同心も名乗った。

「どのくらいになられる」

「さよう、そろそろ一カ月になりますか」

新左衛門は答えた。

「どこの口入れ屋を」

「山城屋でござる」

「浅草の……」

怪訝《けげん》そうな顔を猪野が見せた。

「あそこは女だけしか扱わなかったのでは」

「ちと山城屋どのとは、つきあいがござって」

「さようでござるか」

それ以上の追及を猪野はしなかった。

「分銅屋、見回りを強化するように、担当の者へ申しておこう」

猪野が言った。

町奉行所には南北で百二十人の同心がいた。そのなかで花形といえば、定町廻り《じょうまちまわ》である。南北合わせてたった十二人だが、この人数で江戸八百八町の治安を担っていた。その定町廻りを長く勤めあげた者が臨時廻りとなる。臨時廻りは町方同心のなかで、もっとも経験と能力に優れている者でなければ、なれなかった。当然、町奉行所のなかでの権威もある。

「よしなにお願いいたしまする」

膝《ひざ》で擦《す》るようにして近づいた分銅屋が、素早く紙包みを猪野の袖へと落とした。

「すまねえな」

礼を言って猪野が出て行った。

「では、先生お願いしますよ」

「承知したが、となれば、少し着替えを持ってきたい。留守《るす》も頼まねばならぬ。一度帰ってよいか」

「明日の朝にお願いします」

「承知した」

　新左衛門はうなずいた。

　柱に背をもたれさせて眠っていた山形将左が、目を開いた。

「音を立てるな」

「わかっている」

　雨戸の外で囁《ささや》くような小声がした。

「…………」

　立ちあがった山形が、無言で太刀を抜いた。

「金の在処《ありか》はわかっているのか」

「いいや、そんなもの女を脅せばすぐに……」

　最後まで聞かず、山形は雨戸の隙間から太刀を突き出した。

「うわっ」

　目の前に現れた白刃《はくじん》に、男が驚きの声をあげた。

「女は脅すものではない、愛《め》でるものだ」

雨戸を開けて、山形が庭へ出た。

「用心棒……そんな話は聞いてなかったぞ」

「十日前にはいなかったはず」

咎めるような目で見られた男が言いわけした。

「昨日にでももう一度確認しねえか」

年嵩《としかさ》の男が、もう一人の男を叱《しか》りつけた。

「責任のなすりあいは、あとでやってくれぬか」

山形があきれた。

「おいっ」

「おう」

顔を見合わせた二人が、懐から匕首《あいくち》を出した。

「よせ。怪我《けが》をするだけだ。今なら、黙って見逃してやる」

鼻先で、山形が笑った。

「やかましい。てめえこそ、今なら無事に出て行かせてやる。とっとと去りやがれ」

若いほうの男が手を振った。

「これも仕事なのでな。そういうわけにもいかぬ」

山形が断った。

「…………」

話しているのを隙と見たのか、年嵩の男が切りつけた。

「ふん」

足を送るだけで山形が避《よ》けた。

「血を出すと掃除や清めで、あとあと手間なのだがなあ」

山形が嘆息した。

「やかましい」

匕首を腰だめにして若いほうの男が突っこんできた。

「……ほい」

身体をひねるだけで、山形はかわした。

「ふざけやがって、このやろう」

年嵩の男が、ののしった。

「まったく抜くまでもなかったな」

太刀を鞘へおさめながら、山形が述べた。

「うるせえ」

ふたたび若い男がかかってきた。

「度し難い連中だ」

あきれた顔で山形が足払いをかけた。

「うわっ……ぎゃっ」

転んだ若い男が悲鳴をあげた。

匕首には鐔《つば》がない。握る力を少しでも弱めれば、手が柄を滑って刃にあたる。転んだ衝撃で右手を開いた若い男は、己の匕首で見事に手のひらを裂いていた。

「鋳蔵《いぞう》」

年嵩の男が、叫んだ。

「使い慣れていないものを振り回すからだ」

「てめえ、よくも」

頭に血がのぼった年嵩の男が匕首を振り回した。

「ふう」

嘆息した山形が、鞘ごと抜いた太刀を年嵩の男の鳩尾《みぞおち》へあてた。

「ぐへっ」

年嵩の男が気を失った。

「おまえも寝ておけ」

わめいている若い男の脳天を、山形が鞘で叩《たた》いた。

「面倒な……」

ぼやきながら、山形が二人を縛りあげた。

第二章　金の攻防

一

寝ずの番というのはけっこう辛い。なにせ一人になるのだ。話をする相手もいないため、どうしても退屈になり、緊張がほどけてくる。とくに深更を過ぎた丑《うし》の刻《こく》(午前二時ごろ）が厳しい。

「見回ってくるか」

眠気覚ましもかねて、新左衛門は屋敷の周りを一回りすることにした。

新左衛門は足袋裸足《たびはだし》で庭へ降り、勝手口から外へ出た。闇に己を浮かびあがらせる提灯《ちょうちん》などの灯りは持たないのが心得であった。

勝手口を背に、新左衛門は左右に顔を振った。

日中は繁華な通りも、深夜となると人気《ひとけ》はまったくなくなる。右側の表通りに動くものはなかった。左手は、ずっと路地の奥へと続いていく。じっと目をこらしても何一つ見ることはできなかった。

「………」

新左衛門は、人の気配がないことを確認して、まず表通りへと向かった。

「なにもないな」

分銅屋の表戸はしっかりと閉じられていた。分銅屋から十軒ほど離れたところに、町内を仕切る町木戸があった。町木戸は、暮れ四つ（午後十時ごろ）から、翌朝明け六つ（午前六時ごろ）まで閉じられる。もちろん、通行ができなくなるわけではない。町木戸の脇にある木戸番小屋の番人に頼んで、潜り戸を開けてもらえばいい。しかし、そのときは、周囲へ人の通行を報せる拍子木が鳴らされた。これは、周囲の木戸へ人が通過したと報せるためのものであり、その後他の木戸で拍子木が鳴らなければ、通過した者は町内にとどまったとの証《あかし》になる。こうして町内に不審者が紛れこんだかどうかを調べるのだ。

木戸番小屋は自身番を兼ねていることも多く、刺すまたなどの捕り物道具が置かれていた。

「よし」

確認をすませた新左衛門は、路地の奥へと踵《きびす》を返した。


翌朝、出かけていた伊右衛門を緊張した顔の番頭が出迎えた。

「おかえりなさいませ。お客さまがお待ちでございまする」

「どなただい」

伊右衛門が問うた。

「藤田さまがお見えでございまする」

「……佐竹《さたけ》さまのご家老のか」

「はい」

「また借財かい」

苦い顔を伊右衛門がした。

「客間へお通ししておりまする」

「わかった」

番頭に言われて、伊右衛門が嘆息した。

両替屋の仕事は、小判や一分金などを客の求めに応じて銭などへ替えることである。もちろん、逆もおこなう。しかし、それだけではさしたる儲けも出ないことから、大名貸しと呼ばれる武家相手の金貸しもやっていた。

「お待たせをいたしました」

先ほどまでの渋面を愛想笑《あいそわら》いにかえて、伊右衛門が挨拶をした。

「いや、不意に参ったのだ。気にせずともよい」

藤田が鷹揚《おうよう》に受けた。

「本日はどのようなご用件でございましょう」

早速《さっそく》に伊右衛門が切り出した。

「…………」

ためらうように藤田が、冷え切った茶を口に含んだ。

「…………」

伊右衛門も黙った。

「金を融通してもらいたい」

沈黙に耐えかねた藤田が口を開いた。

「三千両頼みたい」

勢いのまま藤田が金額を告げた。

「……ずいぶんと大きなお金でございますな」

ゆっくりと伊右衛門が述べた。

「殿の参勤交代に要りようなのだ」

藤田が述べた。

大名は一年ごとに江戸と領地を行き来しなければならない。大名に金を遣わせ、その力を削《そ》ごうとする幕府の考えであるが、したがわねば家を潰された。

さらに参勤交代には、決まりがあり、家格石高によって人数などが決められており、国持ち大名でもある秋田藩佐竹二十万石ともなれば、その行列は数百人に及んだ。

数百人が、旅をするとなれば、その費用は膨大である。宿賃、食費、荷物持ち人足の日当、休憩所の茶代など、千両やそこらではきかなかった。

「とおっしゃられましても……」

伊右衛門が藤田を見た。

「………」

額に藤田が汗を浮かべた。

「前にお貸しした五千両もまだお返しいただいておりませぬ。いや、その前の二千両も半分ほどしか……」

「わかっておる。わかっておるが……」

藤田が伊右衛門を遮《さえぎ》った。

「お家のためなのだ。今、金がなければお国入りができぬ。すでに参勤の月は過ぎておる。なんとか殿のご体調が芳《かんば》しくないとして出立《しゅったつ》を日延べいたしておるが、それにも限界がある。あまり長く病を言いたてれば、国を治めるに不十分として、ご隠居を命じられるやも知れぬ」

「それですめばよろしいのではございませぬか」

「そうはいかぬのだ。たしかに殿のご隠居でことがすむならば、お願いするにやぶさかではない。いや、殿も喜んで隠居してくださるだろう」

伊右衛門へ藤田が首を振った。

「殿が隠居されれば、若殿さまが襲封《しゅうほう》される」

「当然でございますな」

大きく伊右衛門が首を縦に振った。

「それにはまた金がかかる」

藤田が嘆息した。

「殿のご隠居と若殿の世継ぎ、ともに幕府へ届け出なければならぬ。そのための書きものを奥右筆《おくゆうひつ》に頼むには、幾ばくかの袖の下がいる。書付ができたら、今度はその許可を出してもらうために、老中方へ付け届けを渡さねばならぬ。そして無事に襲封できたならば、その祝いをすることとなる。その祝宴の費用も馬鹿にならぬ」

「なかなかにお手間のかかることでございますな」

「ゆえに、殿のご病気療養を終えねばならぬ。金さえできれば、明日にでも江戸を発《た》てるのだ。分銅屋、なんとか用立ててくれ」

ふたたび藤田が願った。

「ご事情はわかりましたが、あいにくわたくしどもも余裕がございませぬ。ご存じのとおり、両替屋は金を商っております。今、佐竹さまに三千両お貸ししてしまえば、わたくしどもの蔵が空《から》になってしまいまする。商品がなければ、商いが成り立ちませぬ。どうぞ、今回はご勘弁を」

慇懃《いんぎん》に伊右衛門は断った。

「そこを何とか頼む。当家の存亡がかかっておる」

「……………」

伊右衛門が無言になった。

「どうであろう。十分にいたそうではないか。高百石やろう」

藤田が提案した。

「あいにくでございまするが、すでにわたくしは別の藩で二百石ちょうだいいたしておりますので」

「うっ」

言われて藤田が詰まった。金を借りても返せない藩は、貸し主を侍身分に取り立てることで、返済を延ばしてもらったり、元金を減額してもらったりしていた。

「なにを出せばよい」

藤田が問うた。

「さようでございますなあ。佐竹さまには都合九千両をお貸しすることになりますので……それ相応のものをお預かりいたしませぬと」

考えるように伊右衛門が反応した。

「たしか、佐竹さまには、神君家康さまからご拝領の茶器がございましたはず」

「馬鹿を申すな。あれは、門外不出の家宝じゃ」

聞いた藤田が驚愕した。

「だめでございますか。では、お話はなかったことに」

伊右衛門が交渉を切った。

「他のものではどうだ。佐竹義重《よししげ》公ご愛用の茶碗ならば……」

「千両もいたしませんな」

冷たく伊右衛門が言った。

「藩祖の宝物に値を付けるとは無礼な」

藤田が激昂《げっこう》した。

「もちろん家康さまご拝領の茶器にしても、千両はしますまい」

怒る藤田を気にもせず、伊右衛門が続けた。

「しかし、ご拝領茶器を、見捨てられますか」

「ぐっ」

藤田が息を呑《の》んだ。

「わたくしが、茶器を持ってお恐れながらと評定所へ訴え出れば、秋田藩は改易、佐竹さまは切腹。藤田さま以下、すべてのご家中は浪々の身。いや、茶器を形に金を借りた藤田さまはじめ江戸のご家老衆、勘定方《かんじょうがた》の皆様は責を負わねばなりませぬ」

「ううう」

「そうならぬようにするには、返すしかございませぬ」

すっと伊右衛門が息を吸った。

「金を借りずに世代交代をしてより困窮なさるか、ご拝領の品を預けて金を借り、この場をしのぎ、算段をして返済して、無事手元に宝物を取り戻すか。どうなさいます」

「…………」

伊右衛門が引導を渡した。

決断を求められた藤田が、固まった。

「お金さえ返してもらえば、なにもなかったことにできるのでございますよ」

「拝領の品は絶対に売ったりせぬな」

「商いは信用が大事。しっかり、蔵のなかでお預かりいたしまする。わたくしどもの蔵は火事でも大事ないよう、五寸の厚さの漆喰壁で窓もございませぬ。もちろん、錠前は特別なもので、どのような盗人といえども手出しなどできませぬ」

自信を持って伊右衛門が答えた。

「儂の一存では決めかねる。一度屋敷に戻って他の者とも協議をせねばならぬ」

「けっこうでございまする」

伊右衛門が認めた。

「しかし、金はわたくしどもの商売道具。他のお大名方からお話があれば、先にそちらを進めさせていただきまする」

「わかった。すぐに返答する」

急いで藤田が帰って行った。

「拝領品を預かれれば、必死になって返済してくれる。こちらとしてはありがたい限り。利子を下げるとかいうこともないし、大名というのは、いいお得意さんだ」

一人になった伊右衛門が笑った。

翌日、五人の藩士に守られて拝領の茶器が、分銅屋まで運ばれてきた。

「たしかにお預かりいたしました。こちらにお金をおいてございまする。いつものように一節季ぶんの利子を頂戴《ちょうだい》しておりますので、残り二千九百二十五両。お確かめくださいませ」

中身と由緒書きを照らし合わせた伊右衛門が、首肯した。

「信用しておる。おい、金を」

中身をあらためもせず、藤田が命じ、去って行った。

「小判を抜くような下卑《げび》たまねはいたしませんが、確認もしないとは。あれでは佐竹さまの借財は減りますまい」

苦笑しながら伊右衛門が拝領品を蔵へとしまった。

上屋敷《かみやしき》へ戻った藤田は、すぐに金を勘定方へ渡した。

「これでたりるな」

「はい。かたじけのうございまする」

深く勘定奉行が頭を下げた。

「ようやく、たまった旅籠《はたご》賃や博労《ばくろう》たちの日当が払えまする」

勘定奉行が涙を浮かべた。

前回、秋田から江戸へ出てくる途中で路銀がつきた佐竹家は、旅籠屋や峠ごえをするおりに使う馬の代金などを踏み倒していた。もちろん、あとで払うとは言ってあるが、そのようなもの信用されるはずもない。今回江戸から秋田へ参勤交代するについて、街道沿いの旅籠、博労たちへ、話をしたところ、前回の借財を返してもらうまで、佐竹藩にかかわるいっさいを受けないと断られていた。

いかに参勤交代が、陣中を模したものとはいえ、野宿するわけにはいかない。また道中での雑用をこなす人足を雇えないからと藩士たちに荷物を持たせるわけにもいかなかった。

「なれど……」

大きく勘定奉行が嘆息した。

「この金を含めて九千両……返すのに何年かかりますやら。返せなければ利子だけで年々九百両増えていきまする。それだけの金をどうやって工面《くめん》すればいいのか。

藩士たちの禄はすでに半分借りあげておりますし、殿や奥方さま、お姫さま方のお衣装も、もう三年新調いたしておりませぬ。庶民どもは金がないのは首がないのに同じと言うそうでございますが、まことそのとおりで」

返済を考えた勘定奉行がうなだれた。佐竹藩は二十万石である。年貢は五公五民なので、実際は十万石の収入となる。このうち七割が藩士たちの知行あるいは禄であり、残りは、三万石しかない。精米での目減りを一割として、一石一両で換算して、およそ二万七千両が佐竹家の手取りとなる。ここから、江戸と国元の費用を出し、諸藩とのつきあいなどをこなすのだ。とても余裕などない。まして秋田は寒冷の地、米のできは西国のように安定せず、不作の年が多い。収入が半減することも珍しくはない。そこから毎年千両近い利子を払うのは、無理であった。

「だが返さぬというわけにはいかぬ」

「はい。ご拝領ものを取られてしまっては、どうしようもございませぬ」

「分銅屋め、足下を見おって」

藤田が憤慨した。

「よろしゅうございましょうか」

家老と勘定奉行のやりとりを見ていた、勘定方の若い藩士が口を出した。

「これ、控えよ」

あわてて勘定奉行が制した。

「なにかよい案でもあるのか」

溺《おぼ》れる者は藁《わら》をもすがる。藤田が若い藩士へ問うた。

「勘定方斎藤一《いち》の助《すけ》と申しまする」

「覚えた。で、何か良案があるのか」

「はい。ご拝領ものを手元に戻し、そのうえ借金を返さずともすむ手段がございまする」

斎藤が言った。

「そのようなうまい手があるのか。冗談であるというなら、そのままにはせぬぞ。申せ」

釘《くぎ》を刺したうえで、藤田が促した。

「分銅屋からご拝領ものを取り返せばよろしいのでございまする」

「どうやって取り返すというのだ。金はないぞ」

勘定奉行があきれた。

「奪うのでござる」

「なにっ」

藤田が絶句した。

「分銅屋には、ご拝領ものを大切に保管する義務がございまする。もし、賊によって店を荒らされ、ご拝領ものを奪われれば、その責は重大でございまする。金を返せなどと言えるはずはございませぬ。どころか、詫び金を持って謝罪に来なければならなくなりましょう」

淡々と斎藤が述べた。

「なるほどの。しかし、盗んだのが我らだとばれれば、たいへんなことになるぞ」

「もちろん、江戸表の者ではなく、国元から人を呼び、面体《めんてい》を隠したうえで、おこないまする。そのとき、ご拝領ものだけを盗るのではなく、他の金目のものも奪うのでござる。さすれば、我が藩の仕事とは思いますまい。多少疑われたところで、手証がなければ、相手は町人、なにもできませぬ。もっとも、分銅屋から二度と金を借りることはできなくなりましょうが」

「それはかまわぬ。金を借りる相手を探すのは難しいが、目先のことには替えられぬ。このままでは、我が藩は立ちゆかぬ。しかし、藩士に夜盗のまねをさせるのは……」

逡巡《しゅんじゅん》を藤田が見せた。

「…………」

勘定奉行は沈黙した。

「反対せぬか」

藤田がその意味に気づいた。

「一度借財を整理いたしませぬと、我が藩の窮乏は終わりませぬ」

案に賛成とも反対とも言わず、勘定奉行が事実だけを口にした。

「それとも藩士たちの召し放ちをおこないまするか」

勘定奉行が問うた。

召し放ちとは、藩士たちの何人かを追放することである。当然、その禄は、藩庫へ納められた。いくつかの藩では、すでにおこなわれていた。

「どのくらいの藩士を召し放てば、我が藩は持ち直す」

「およそ三分の一は」

「三人に一人だと。無理だ」

答えを聞いた藤田が首を振った。

佐竹藩はその成立からして、他藩と違っていた。もともと佐竹家は常陸国《ひたちのくに》で勢力を持った戦国大名であった。北条、伊達、などと争い、北関東の多くをその支配下に置いていた。しかし、佐竹義重は関ヶ原の合戦でどちらにもつかないという愚を犯した。表だって敵対しなかったので、潰されはしなかったが、江戸に近く豊饒な常陸から、秋田へと移封させられてしまった。そのとき常陸にいた国人領主たちが、そのまま秋田へ供してきてしまったのだ。

北関東を支配するおりに、したがわせたり、近づいてきたりした国人領主たちが、己の所領を放り出して、ついてきた。当然佐竹家としては、それに見合うだけの禄を与えてやらなければならない。秋田へ移った佐竹家は、代々の家臣の禄を削ってまで、国人領主たちの面倒をみなければならなくなった。あれからすでに二百年近いときが過ぎたが、藩内はいまだに国人領主と譜代《ふだい》家臣の二つにわかれている。そこへ召し放ちなどの話を持ち出せば、大騒動に発展しかねなかった。

「召し放ちはできぬ」

藤田が拒絶した。

「斎藤と申したな。そなたに任せる、うまくやってみせよ」

「成功の暁《あきつき》には……」

「わかっておる。見合うだけの立身を約束してやろう」

「お忘れになりませぬよう」

「念には及ばぬ。人数はどれくらいいる」

斎藤へ藤田が問うた。

「五名もあれば」

「承知した。国元より手の立つ者を呼び寄せる。そなたは準備に入れ」

「はっ」

一礼して斎藤が下がっていった。

「ご家老さま、よろしいのでございまするか」

促しておきながら、勘定奉行が懸念した。

「大事ない。成功しようとも、失敗しようとも、あの者には死んでもらう」

「…………」

勘定奉行が息を呑んだ。

「執政は、恩を受けてはならぬのだ。のちのちまで残るような恩をな」

冷たい顔で藤田が宣した。

二

「あのう、旦那さま」

気遣わしげに美代《みよ》が言った。

「観音様へお参りかい。お母さんの病気はなかなかよくならないようだね。気をつけて行ってお出《い》で。お竹《たけ》を連れてくといい」

「はい」

美代がうなずいた。

観音様とは浅草寺《せんそうじ》のことである。美代は、病気の母親の快癒を願うとして、百日参りを続けていた。

金龍山《きんりゅうざん》浅草寺は漁師の網に偶然かかった観音様を祀った小さなお堂から始まったが、いまや本堂の他に、影向堂《ようごうどう》、五重塔など数十に及ぶ堂舎、末寺を持ち、敷地も四万坪をこえる大伽藍《だいがらん》をようするまでになっていた。

参詣する人も後を絶たず、開門から閉門まで人が途切れることはなかった。

「ここで待っていておくれな」

女中にそう言って、美代は本堂へとあがった。

「どうぞ、母の病気がよくなりますように」

美代は本堂の床にぬかずいた。

「商いがうまくいきますよう」

隣に中年の商人風の男が、やってきた。

「なにかあったか」

中年の商人風の男が、美代へ囁きかけた。

「昨日、秋田藩佐竹家が金を借りに来ておりました」

「佐竹が……。いかほどだ」

「三千両」

「大きいな。わかった。ご苦労であった。一度ご判断をいただく。また、明日」

言い残して男が立ちあがった。


浅草寺を出た男は、その夜、小姓組頭林出羽守忠勝のもとを訪れた。

「出羽守さま」

「治田《はるた》か。あがってくるがいい」

床下から声をかけられた林出羽守が応じた。

「ごめんを」

部屋の片隅の畳が静かに浮き、そこから黒装束《くろしょうぞく》の男が現れた。

「なにがあった」

「佐竹藩が、金を借りていったそうでございまする」

「参勤交代の金だな」

すぐに林出羽守が理解した。

「ずっと藩主の体調不良で帰国を先延ばしにしておったからの。それも限界ではあったがな。一度、使い番を見舞いに出そうという話になっていた」

使い番とは、将軍家の命《めい》で大名や旗本のもとを訪れる役目のことである。詰問《きつもん》する場合もあるが、多くは病気見舞いなどであった。もっとも将軍家の代理である。病気見舞いを断ることはできないし、藩主に会わせないわけにもいかない。仮病を使っている者にとって、使い番の来訪は恐怖であった。もし、仮病だと見抜かれれば、ただではすまなかった。

「いくら借りたかわかるか」

「三千両だそうで」

治田が答えた。

「ふむ。すでに佐竹はかなりの金額を借りているはず。返済をこなしているとも聞いてはおらぬ。そんな佐竹に三千両か……よほどのものを形に出したな」

林出羽守が思案した。

「なにを形に取ったか確認をさせよ」

「承知いたしましてございまする。では」

入ってきた畳を上げ、治田が床下へと消えていった。

翌朝、家斉へ目通りする前に、林出羽守は、奥右筆の一人を捕まえた。

「佐竹家になにかご拝領品はあるか」

「しばしお待ちを。書庫で確認をいたして参りまする」

奥右筆が部屋へと入って行った。

幕政すべての書付を扱う奥右筆の身分は軽いが、その権は大きかった。奥右筆部屋には、老中といえども許しなく入ることができず、また、すべての布告は奥右筆の筆をとおらないかぎり、効力を発揮しなかった。

「お待たせをいたしました」

小半刻（約三十分）ほどで奥右筆が戻ってきた。

「佐竹家には三つ下賜されておりまする。一つは、神君家康公ご愛用の茶器、二つ目が五代将軍綱吉《つなよし》公のお羽織、三つ目が七代将軍家継《いえつぐ》さまの脇差」

「ご苦労であった」

奥右筆を林出羽守はねぎらった。

「遅かったの」

お休息の間へ出た林出羽守を、家斉が待っていた。

「申しわけございませぬ。少し調べたいことがございまして」

林出羽守が詫びた。

家斉と林出羽守の出会いは子供のときにまでさかのぼる。家斉が将軍になってすぐ小姓として側にあがった林出羽守は、その美貌をもってたちまち寵臣《ちょうしん》となった。

当初は男色相手として家斉の枕頭《ちんとう》に侍《はべ》った林出羽守であったが、その聡明さに気づいた家斉によって抜擢《ばってき》され、側近となった。

「なにかあったか」

「……………」

無言で見あげる林出羽守に小さくうなずいて、家斉が人払いを命じた。

「一同席を外せ」

たちまち小姓と小納戸《こなんど》がお休息の間を出て行った。

「秋田が金を……」

林出羽守が語った。

「拝領の品三つか」

家斉が繰り返した。

「いかがいたしましょう」

「確定できるか」

「させまする」

言われた林出羽守が受けた。

「ならば、それからでもよかろう」

寵臣の答えに家斉が満足した。

「広島の浅野《あさの》に、秋田の佐竹か」

「未《ま》だ不足でございまする」

家斉の呟きに林出羽守が重ねた。

「これ以上要りようなのか」

「当然でございまする。天下にどれだけ諸侯がおりまするか。御三家や譜代をのぞいて、さらに五万石以下の小藩を排除したとしても、数十以上は残りまする」

「まさか、その全部を相手にさせる気か」

聞いた家斉があきれた。

「すべてとは申しませぬ。せめて三十はお願いいいたしたく」

「無茶を言いおる」

「それが天下のためでございまする」

林出羽守が断言した。

「上様《うえさま》のお血筋を外様《とざま》大名の跡継ぎにする。新たなる親藩の誕生。また、外様の跡継ぎの正室に上様の姫がたをあてがわせていただく。そして姫さまがお子をお産みになられれば……」

「躬《み》が血を引く親藩のできあがりか」

家斉が笑った。

「しかし、伊達も要らぬことをしてくれた」

大きく家斉が嘆息した。

伊達家は度重なる天災のせいで莫大《ばくだい》な借財を背負っていた。あまりにも大きな借金は、尋常の手段で返すことができないほどにふくれあがった。そこで伊達家は起死回生の手を打った。伊達家の跡継ぎを廃し、代わりに将軍家斉の子を迎え、その持参領をもって借金を返済する。伊達家の重職たちは、林出羽守をつうじて、密かに願いをあげた。

だが、運は伊達家にほほえまなかった。伊達家が望んだ家斉の子が早死にしてしまった。そのうえ、現藩主まで急逝、すぐに新たな主をたてなければならなくなり、伊達家重職たちの策は潰《つい》えた。

「上様のお子さまを世継ぎにする。なかなかに妙案でございまする。上様のお血筋が大藩の主となれば、天下は泰平でございまする」

伊達家の策を、林出羽守は利用しようとしていた。

「やれ、躬の仕事は子を作ることか」

「戦わずして、敵を手中にする。神君家康さまにもなしえなかった偉業」

あきれる家斉を気にもせず、林出羽守が続けた。

「子作りと天下取りを一緒にされては神君もたまらぬであろうが……」

家斉が表情を引き締めた。

「傍系と侮られた躬の血筋が天下に散るのは愉快である」

十代将軍家治《いえはる》の嫡男が早世したおかげで、十一代将軍となった家斉は、もともと御三卿《ごさんきょう》一橋《ひとつばし》家の出であった。

八代将軍吉宗《よしむね》が、万一に備えて作った御三卿は、禄米十万俵を与えられるだけで、自前の家臣団を持たない、大名でさえなかった。

これが大いに侮られた。

過去、将軍の息子は、天下を継いだ者以外すべて別家をしていた。家康の子を例に出すまでもなく、二代将軍秀忠《ひでただ》の子忠長《ただなが》は駿河、三代将軍家光《いえみつ》の子綱重《つなしげ》が甲府《こうふ》、綱吉は館林《たてばやし》とそれぞれに二十万石をこえる大藩の主となっていた。将軍の息子ではない、六代将軍家宣《いえのぶ》の弟清武《きよたけ》も館林を貰っている。

だが、御三卿には与えられなかった。御三卿は将軍家お身内衆と呼ばれ、城内の館《やかた》で一日無為に過ごすのが仕事とされた。

独立した大名とするのではなく、お身内衆のまま止め置いたほうが、将軍家に万一あったとき、世継ぎを出しやすいという吉宗の考えは、たしかに一理あった。藩主を将軍家へ差し出すのだ。ついている家臣たちの出世にもかかわってくる。将軍の地位を巡って御三家の間で騒動になるのは当然であった。

かつて七代将軍家継に世継ぎなく、誰が八代将軍となるかとなったおり、御三家の紀州、尾張の間で密かな争いがおこなわれた。

戦いを制し八代将軍の座についた吉宗は、同じ愚を避けるため、御三卿を作った。

残念ながら、世間はそう見なかった。

「将軍の子供ながら、領地も与えられない半端もの」

「子供に所領を分けてやろうとしない吝嗇《りんしょく》将軍」

御三卿設置の評判はさんざんであった。

このまま御三卿がなにもなく過ごしていれば、問題はいずれ消えたであろう。しかし、平穏は続かなかった。

十代将軍家治の嫡男家基《いえもと》が、品川へ鷹狩《たかが》りに行ったのち病を発し、急逝した。家基の他に男子はなく、十一代将軍は、外から迎えざるを得なくなった。

そして、他の候補者たちを押しのけて、十一代将軍となったのが家斉であった。

当時、家斉よりも十一代将軍にふさわしい人材はいた。

御三家筆頭の尾張家当主、御三卿筆頭の田安《たやす》家の定信《さだのぶ》、ともに成人しており、また賢明との評判であった。

それらを押しのけて家斉が選ばれた。その背後には、家治の寵愛を一身に受けて幕政を専横していた田沼主殿頭意次《たぬまとのものかみおきつぐ》の影があった。

田沼主殿頭の言うことすべてにうなずいて「そうせい公」とあだ名された家治の

次に、優秀な定信などが来ては、専横はできなくなる。

鎌倉幕府の執権北条氏を目指していた田沼主殿頭は、まだ子供にしかすぎなかった家斉を十一代将軍にすることで、己の権威を守ろうとした。

もっともその栄光は、寵愛してくれた家治の死とともに終わりを告げた。庇護者《ひごしゃ》を失った寵臣は、虐《しいた》げられてきた者たちによって排除されるのが決まりである。あいにく、あらたな庇護者となるはずだった家斉は、未だ十五歳でしかなく、己を将軍としてくれた功労者へ手をさしのべるだけの力を持たなかった。こうして、家斉が将軍となってすぐに、田沼主殿頭は表舞台から消えていった。

最大の後ろ盾をかばえなかった年若い将軍、家斉に周囲は冷たかった。さすがに将軍位についた家斉をどうこうすることはなかったが、お飾りとして祭りあげられた。

「躬を軽んじた輩《やから》どもには、思いもつくまいな」

家斉が口の端をゆがめた。

「人の評価は、後世になされるものでございまするる」

林出羽守が述べた。

「幕府の崩壊を止めるくさびを打った将軍と言われるか、色に溺れた愚か者と笑われるか。まあ、どちらでもよい。とっくに躬は死んでおろうからな」

「おそれいりまする。皆、戻れ」

話は終わったと、林出羽守が小姓たちを呼び戻した。

三

分銅屋の寝床では、伊右衛門と妾の美代が眠っていた。

規則正しい寝息を立てていた美代が、目を開けた。

「…………」

美代が伊右衛門の様子をうかがった。

「よく眠っている。いつもより、よくがんばったからの」

激しい行為の後である。疲れ果てた伊右衛門は深い眠りに落ちていた。

そっと美代が身体を起こした。

「用心棒は外へ出たな」

隣室を確認した美代が、満足そうに呟いた。新左衛門はいつも決まった時刻に、店の周囲を改めに出て行った。

「単純なことだ」

小さく笑った美代が、寝室の床の間へと近づいた。

床の間の袋戸棚を開け、手を突っこんだ美代は、奥の仕掛けを外した。

「男というのは、一度抱くと、女は己の付属物とでも思うのか、隠すべきことさえ忘れる」

仕掛けのなかから、美代が鍵を取り出した。

美代は襖《ふすま》を開け、隣室へ侵入すると内蔵を開けた。

「…………」

無言でなかへ入った美代が、あたりを調べた。

「これか」

一つの桐箱を開けた美代が、小さく声をあげた。

「まちがいないな」

箱に納められていた由緒書きをていねいに改めて、美代は中身を箱へ戻した。続いて箱の上へ爪《つめ》で十字の印を付けた。

用をすませた美代が、蔵の扉を閉め、鍵をもとのところへ戻し、夜具へ潜りこんだ。

「ううむ」

夜具の隙間から入る寒さに伊右衛門が身じろぎした。静かに美代が寄り添うと、ふたたび伊右衛門は、安らかな寝息に戻った。

「なにもなかったな」

新左衛門が戻ったのは、その少し後であった。

「異常はないか」

蔵の鍵が施錠されていることを確認して、新左衛門は所定の位置に腰を下ろした。

一夜は無事に明けた。

「では、一度長屋へ戻らせていただく」

朝食を食べさせてもらった新左衛門が、分銅屋を出た。一日勤めとはいえ、長屋をそのままにしておくわけにはいかなかった。

「行って参りまする」

そのすぐ後、美代も出かけると告げた。

美代はいつものように浅草寺で治田と待ち合わせていた。

「どうだ」

「確認いたしましてございまする。内蔵の右奥、中段の棚」

頭を下げたまま二人が会話を始めた。

「印は……」

「箱の右隅に」

「うむ」

商人の風体に身をやつした治田が満足そうにうなずいた。

「ただ……」

小声で美代が続けた。

「なんだ」

治田が先を促した。

「用心棒がおりまする。それもかなりの遣い手」

「お前一人で抑えられないほどか」

「難しゅうございまする」

美代が首を振った。

「わかった。では、おまえのところは、後に回す。日時が決まれば、また報せる。それまでに用心棒のことをできるだけ調べておけ」

「はい」

まだ拝んでいる治田を残して、美代が立ちあがった。

「待たせたね。そこでお茶でも飲んでいきましょう」

美代は女中の竹を誘って、浅草寺境内《けいだい》に出ている茶店へ入った。

「お茶と団子を三つ」

注文の品はすぐに出された。

「さあ、二つお食べ」

団子を二つ、美代は竹へ渡した。

「よろしいんで」

まだ若い竹が遠慮した。

「いいの。いつもついてきてもらって悪いと思ってるのよ」

美代が茶を飲んだ。

「ありがとうございます」

喜んで竹が団子を口にした。

「竹さんは、分銅屋さんで長いの」

「いいえ。まだ二年でございますよ」

食べながら竹が答えた。

「そう。分銅屋さんて忙しいからたいへんね」

当たり障りのないことをいくつか問うた後、美代が尋ねた。

「あの大月さまって、どこのお方」

「大月さまでございますか。あの方は浅草の山城屋さんのご紹介で」

団子を食べ終わった竹が口の端を手で拭《ふ》いた。

「ご浪人の割には、こぎれいでいらっしゃるけど」

「つい三カ月前まで、奥州のとあるお大名のご家中だったとか」

「そうなの」

残っていたお茶を美代が飲み干した。

「では、帰りましょうか」

代金を置いて、美代が竹をうながした。


長屋へ帰った新左衛門は徹夜の疲れを取るため、一眠りした。

「盗られるものとてないが」

目覚めた新左衛門は、隣の女房に留守を頼むと、山城屋へ向かった。

「一日詰めはいかがで」

「きついな」

新左衛門が嘆息した。

「すでに五日目。どうやら分銅屋さんと一度お話をしなければいけませんね」

昼兵衛が帳面を出した。

「紹介金のことか」

「それもございますがね。先日、大月さまをつうじてお話のありました妾番のこともございますし」

妾番は少なく、なかなか手の空いた者がいないと聞いていた新左衛門が驚いた。

「見つかったのか」

「見つけたというか、前から考えていたというか」

昼兵衛が頰を緩めた。

「大月さま、あなたのことでございますよ」

「せ、拙者か」

絶対の信頼を置ける者でなければなれない妾番にと考えられているとは思ってもいなかった新左衛門が驚いた。

「まず、剣術の腕前は申し分ございませんな。なにせ、わたくしが見ておりますので。そして女に対する忍耐でございますが……」

言葉を昼兵衛が切った。

「あの八重さんの側に居ながら、未《いま》だに手出しをされていない」

「できるわけなかろう。八重さまは、先君のご側室ぞ」

新左衛門があわてて首を振った。

「今は、ただの八重さんでございますよ。もう仙台さまとの縁は切れておりまする。

妾奉公は手切れ金をいただいたところですべて終わるのが決まり」

「しかし……」

「大月さま」

昼兵衛が真剣な顔をした。

「あなたさまもう仙台藩の家臣では、いや、お侍ではございませぬ。主のいない侍は浪人でございまする。そして浪人は庶民と同じ。いつまでもこだわっていては、先に進めませぬよ」

「……………」

「人は生きて、明日へと進むのでございまする。止まっていてよい人などおりませぬ。昨日と同じことをしていても、それは違うのでございます。昨日した分だけの経験が、身についているのでございますから」

言い聞かせるように昼兵衛が述べた。

「大月さまと八重さんに先があるかどうかなど、今はわかりませぬ。ですが、なにかしないかぎり、変化は訪れませぬ。そして、大月さまは、藩士の身分を捨てるという激変をこえてこられたのでございまする」

「ううむ」

「まあ、まずは、明日喰えるだけのものを稼がなければいけませんよ」

昼兵衛が立ちあがった。

「では、分銅屋さんへ参りましょう」

雪駄を履いて、昼兵衛がうながした。


「妾番の意味はございますか」

分銅屋伊右衛門へ、昼兵衛が問うた。

「お店におられるならば、今のままでよろしゅうございましょうに」

妾番は一日仕事である。同じ家に住み、妾の外出にもしたがう。今の新左衛門との違いは、美代の外出につきあうかどうかだけであった。

「妾番は、通常の用心棒に比べて、お高《たこ》うございますよ」

昼兵衛が念を押した。

普通の用心棒は、おおむね一日働いて一朱から二朱である。しかし、妾番は安くて二朱、ほとんどの場合、一日一分かかる。なにせ、契約期間中はずっと拘束されるのだ。その分上乗せされる。

「承知しておりまする」

わかっていると伊右衛門が首肯した。

「このたび、美代に一軒与えることにしましたので」

伊右衛門が告げた。

「それほどお気に召しましたか」

さすがの昼兵衛が驚いた。

妾に一軒与えるというのは、死別、生別にかかわらず、その家作、すなわち財産を与えるとの意味である。

「年甲斐《としがい》もなく、恥ずかしい話でございますが」

照れた顔をしながら、伊右衛門が頭を掻《か》いた。

「じつのところ、借財の代わりに一軒手にいれましてな。空き家にしておくと家は傷みまする。ならば、妾宅にしようかと思いまして」

「……それならば、わかりました」

その話は、海老から聞いている。昼兵衛が納得した。

「しかし、大月さまを妾番にしますと、このお店の用心がなくなりますな」

「それについては、別の手配をいたしまする」

伊右衛門が告げた。

「さようでございましたか。さすがは分銅屋さん、お顔が広い」

苦笑を昼兵衛が浮かべた。

「では、仲介料として、十日分の日当、二両と二分をちょうだいいたしまする」

「これを」

昼兵衛の要求に、伊右衛門が金を渡した。

「たしかにちょうだいいたしました」

頭を下げて昼兵衛が金を受け取った。

「用件は終わりましたかな」

「はい」

確認された昼兵衛が首を縦に振った。

「あと一つ、お願いがございまする」

「なんでございましょう」

昼兵衛の言葉に、伊右衛門が問うた。

「お妾さまの顔を拝ませていただけませぬか」

「……よろしいが、なぜ」

「妾屋としての興味と申せばお叱りを受けましょうが、商人としてどうしても見てみたいのでございまする。分銅屋さんに気に入られるほどの女とは、どれほどの美人かと」

ていねいに昼兵衛が頼んだ。

「おい、誰か、美代を呼んでおいで」

伊右衛門が手を叩いた。

「美代でございまする」

待つほどもなく、部屋の外で声がした。

「ああ、入っておいで」

「ごめんを」

許しを得て、美代が襖を開けた。

「山城屋さんだ、このたびのことでお世話になった」

「美代でございまする。お骨折りいただきありがとうございました」

紹介された美代が頭を下げた。

「いや、これはお美しい」

手を打って、昼兵衛が感嘆した。

「失礼でございまするが、奉公は初めてで」

「いいえ。前は表の女中などをいたしておりました」

昼兵衛の問いに、美代が答えた。

「おいくつになりで」

「……二十一歳になりまする」

美代が質問の意味をはかるように首をかしげた。

「もうよろしいかな」

「けっこうでございまする」

口を挟んだ伊右衛門へ、昼兵衛がうなずいた。

「下がっていいよ」

「はい」

一礼して美代が去っていった。

「お邪魔をいたしましてございまする」

昼兵衛が立ちあがった。

「そこまで見送ろう」

新左衛門も腰をあげた。

「お願いいたしましょうか」

両替屋を出た者は、掏摸《すり》に狙われやすい。金を持っていると思われるからである。

店を出たところで、新左衛門は周囲へ警戒の目を配った。

「大丈夫そうだな。町内を出るところまで参ろう」

木戸までと述べて、新左衛門が歩き出した。

「大月さま」

分銅屋から少し離れたところで、昼兵衛が話しかけてきた。

「あの美代という女、ちょっと気をつけておいてくださいな」

「なぜだ」

新左衛門が訊いた。

「わたくしが歳を訊いたとき二十一と答えました。女でいうなら花ざかり。ましてあの器量でございますよ。大店とはいかずともそこそこの店の御新造におさまるくらいできましょう。なのに妾をやっている。ちょっと考えられませんね」

昼兵衛が説明した。

「それに、あれは妾の目つきじゃございません」

「どういう意味だ」

「妾というのは、どういったところで金のために男に抱かれるもの。その心根の底にはあきらめか、恨みが積もっておりまする」

「……………」

「あの女の瞳の底にあったのは、責任というか、使命というか、なにかやらなければならないものが籠《こ》もった色でございました」

妾屋として数百の女を見てきた昼兵衛の言葉は重い。

「ふむ」

新左衛門がうなった。

「わたくしも少し調べてみましょう。あと、分銅屋さんも信用なさらないように」

「妾に家を与えるというところか」

「お気づきでございましたか」

昼兵衛が少し驚いた。

「前に山城屋どのが語っておられたのとはずいぶん違うからな」

うなずきながら新左衛門が言った。

「両替屋という金を扱う商売でございますからな。分銅屋さんは、昔からお金には細かいお方で。昔一度お妾をご紹介申しあげたときも、ずいぶんとお手当で値切られました」

苦笑しながら昼兵衛が答えた。

「それでまあ、分銅屋さんとのおつきあいも切れまして」

妾屋の商いは、女を紹介したことで得る仲介料である。仲介料は、女の手当三カ月分が相場となっている。手当が少なければ、仲介料も減る。手間は同じで貰うものが少ないでは、やる気も失《う》せる。

「それが急に金に糸目を付けず、妾番を雇うか」

新左衛門の表情が引き締まった。

「あともう一つ、山形さまのところにも賊が来たようでございまする」

「なにっ。で山形どのは」

驚いた新左衛門が訊いた。

「怪我一つなく、賊を捕まえられたそうでございまする。まあ、話を聞いたところでは、ただのこそ泥のようでございましたが。妾宅というのは狙われやすいものでございまする。なにぶん、女しかいないと思われておりますから」

「わかった。注意しておこう」

「大月さまならば、大丈夫だと存じますが、十分お気を付けくださいませ」

念を押して昼兵衛が去っていった。

四

江戸で妾を囲うといえば、中心から少し離れた根津《ねづ》や深川などの寮をあてがうか、農家の離れなどを買い取って改築するかが多い。

しかし、分銅屋伊右衛門の妾宅は違った。

本宅である分銅屋の店から、一丁ほどしか離れていないしもた屋であった。しもた屋とは、もともとは商売をしていた家のことである。なにかの理由で店を仕舞った家作、仕舞った屋がなまってしもた屋となった。

「こちらで」

三日後、大月新左衛門は、伊右衛門に案内されて妾宅の下見に来た。

「もとは小間物《こまもの》を扱っていた店だったのでございますが……」

格子戸を開けながら、伊右衛門が説明した。

「なかなか広い土間だな」

入り口を入れば、三坪ほどの土間があった。

「建物全体はそれほど大きくはございませんがね」

伊右衛門が土間から板の間へとあがった。

「この廊下の奥が美代の居間になりまして、その手前を女中部屋といたしまする。大月さまには、ここをお使いいただきまする」

廊下を入ったところにある六畳間を伊右衛門が示した。

「けっこうだ」

「夜具は、後ほど用意させまする。三度のお食事は、お部屋へ女中が運びまする」

「ありがたいな」

新左衛門にとって、食事の心配をしなくていいのは、なによりであった。

「その襖を開けてくださいませ」

「ここか」

あてがわれた部屋の襖を開けて新左衛門は驚いた。

「蔵……」

小さいながら内蔵があった。

「わたくしがここを買ったときには、もうありましてね。壁が分厚いので、壊すとなれば家全体に無理がくるとかで、そのままにしてありまする」

「なるほど」

「別になにほどのものではございませんが、少し店の蔵では納まりきらないものを入れておりまする。鍵はわたくしが持っておりますので、開けられることもないとは思いますが、一応気にしておいてくださいませ。美代にも竹にも報せておりませぬ。もし、蔵があると知れば、盗賊に入られるかと怖がりましょう。ここのことはご内聞に」

「承知した」

新左衛門は同意した。

「あと、大月さまには、美代の用心をお願いいたしますが、外出のお供はなさらなくてけっこうでございます」

「なぜだ」

妾の浮気は、外出先でもっとも疑うべきである。新左衛門は疑問を呈した。

「美代の外出にはかならず竹が供をいたしますので。その間に大月さまにはお休みをいただきますよう」

淡々と伊右衛門が述べた。

妾番は不寝番ではないが、やはり気を張る。どこかで息抜きをしないと長期間は持たなかった。

「承知した」

あっさりと新左衛門は納得した。

「奥も見せてもらっていいか」

「どうぞ」

新左衛門は家屋の間取りを把握したいと申し出た。

「よろしゅうございますか」

台所、厠と確認した新左衛門へ、伊右衛門が確認した。

「十分だ」

新左衛門はうなずいた。

「では、店へ戻りましょうか」

伊右衛門が促した。


いつものように美代が、浅草寺へと参詣した。

「なにかあったのか」

隣で観音様を伏し拝んでいた治田が、小声で問うた。

「妾宅へとわたくしは移されることになりましてございまする」

「いつだ」

「明日」

美代が答えた。

「ばれたか」

「とは思えませぬ。ことのあと、いつものように疲れ果てて泥酔いたしておりました」

昨夜も美代は伊右衛門に抱かれた。

「みょうだな」

疑いを持った女を抱く奴はいない。

男にとって女のなかへ精を放つ瞬間ほど無防備になるときはない。そこまでいかずとも、抱きしめたとき、女の手は男の背中に回されているのだ。針一本で殺される。

「今夜、決行いたしまするか」

「いや、様子を見よう」

治田が首を振った。

「しかし、それでは、わたくしは店から出されてしまいまするが」

「決行の日だけ、店へ戻ればいい。それくらいはやってみせろ。男を思い通りにできて初めて一人前のくのいちであろうが」

「……承知いたしました」

美代がうなずいた。


新左衛門は、分銅屋伊右衛門の妾宅で朝を迎えていた。

「おはようございます」

女中の竹が、新左衛門に与えられた部屋へ顔を出した。

「おはようござる」

新左衛門も応じた。

「朝餉《あさげ》をお持ちしてよろしゅうございますか」

竹が問うた。

「頼もうか。その後少し寝させてもらう」

「はい」

竹が下がっていった。

朝食はいつも同じであった。炊きたての飯に味噌汁、それに漬けものである。新左衛門は置かれていったお櫃《ひつ》にあるだけの飯を食べ尽くすと、膳《ぜん》を廊下へ出し、夜具を拡《ひろ》げた。

昼餉の膳を捧《ささ》げた竹に起こされた新左衛門は、井戸端で顔を洗うと、ふたたび妾番の仕事に戻った。

妾番とは、その名のとおり、妾の警固をすることである。もちろん、妾の身体を守るだけでなく、他の男たちが寄ってくるのを防ぐのも役割であった。

「大月さま」

美代が新左衛門の部屋まで来て声をかけた。

「なにか」

「浅草寺さままで行って参りまする。竹を連れていきますので、お留守番をお願いいたしまする」

申しわけなさそうに美代が言った。

「百日の願掛けだそうだな。雨風でも行かねば満願にならぬであろう。親孝行なことだ」

新左衛門は了解した。ここに移ってからも美代は毎日出かけていた。

妾がいなくなってしまえば、妾番の仕事はなくなる。本尊のないお堂でお守りをしているようなものである。新左衛門は、居室で横になった。

「暇だ」

新左衛門は独《ひと》りごちた。

分銅屋の用心棒をしていたときは、夕方に店へ入り、朝までの勤めであった。朝になれば、己の長屋へ戻り、炊事洗濯などをこなさなければならず、安閑としている余裕はなかった。

「まだ分銅屋にいたときのほうが、忙しかったな」

商家の用心棒というのは、盗賊よけである。盗賊が来たときに、人と財産を守る。しかし、それ以上の仕事があった。

盗賊に入られないようにすることである。

いかに腕の立つ用心棒でも、盗賊が入れば、いくらかの被害を生み出す。大戸の閂《かんぬき》を壊されるという些細《ささい》なものから、用心棒によって盗賊が斬り殺され、畳や障子が遣いものにならなくなるまで、まったくの無傷というわけにはいかない。さらに盗賊が入れば、どうしても町奉行所の調べを受けなければならなくなる。その手間はあきらかに商売の妨げとなった。

そこで用心棒たちは、夜中にわざと店の周りをうろついてみたり、日中でも辺りへ鋭い目つきをとばして、警戒しているぞ、入ってくれば捕まえるぞと見せつけるのだ。

妾番にはそれがない。

夜中、妾の住まいの周囲を若い侍がうろついていれば、それこそ間男とまちがえられかねない。

妾番の要《かなめ》は、目立たないことであった。

「庭で剣の稽古《けいこ》ともいかぬしな」

小さく新左衛門は嘆息した。

剣術は死ぬまで修行である。日々の研鑽《けんさん》が、身体の動きをなめらかにし、咄嗟《とっさ》の対応につながる。一日休むだけで、身体の筋は硬くなり、太刀行きの伸びが縮んでしまう。

「脇差でも振るか」

立ちあがって新左衛門は、脇差を抜いた。

室内で太刀を使えば、天井や梁《はり》などに引っかけてしまう。短い脇差ならば、その心配はしなくてすむ。

重さと刃渡りが違うので、太刀を得意とする新左衛門にとって、脇差での稽古は少しものたりないのだが、やむをえなかった。

「おう」

左足を踏み出し、大きく脇差を薙《な》いだ。

太刀だと重さに釣られて、腕がかなり持っていかれるのだが、脇差は余裕で扱える。上段、下段、左右袈裟《けさ》がけと新左衛門は繰り返した。

「ふうう」

半刻（約一時間）ほど繰り返して、新左衛門は満足した。

「ごめん」

玄関から訪《おと》ないを入れる声が聞こえた。

「どなたか」

汗を素早く拭いて、新左衛門は玄関へ出た。

「新内《しんない》どのではないか」

来たのは、新左衛門の後を受けて分銅屋の用心棒となった浪人、新内内膳《ないぜん》であった。

「少しよいかの」

「ここは妾宅じゃ。あがれとは言えぬ。ここでよいか」

いかに本家の用心棒といえども男である。分銅屋伊右衛門の許可のない男を招き入れることはできなかった。

「けっこうだ」

新内が納得した。

「でどうした」

玄関の上がり框《かまち》へ腰を下ろして新左衛門が問うた。

「気になることがござる」

隣に腰掛けた新内が話し始めた。

新内は、作州《さくしゅう》浪人である。歳は新左衛門より五つ上になり、一刀流《いっとうりゅう》の目録を持っていた。

「貴殿が店におられたとき、蔵側の路地にはしご跡がござったとか」

「うむ。一応調べてみたが、それ以降なにも異変はなかったぞ」

新左衛門が答えた。

「じつは、ここ二日ほど、どうも見られているような気がいたす」

「……ふむ」

「夜中も二度ほど店の周りを確かめるが、別段おかしなことはない。人気も感じぬのだが、昼間、拙者が店を出るときと夕方入るときに……」

「見張りか」

あるていど武芸に秀《ひい》でてくると、人の気配を感じるようになる。新内の感覚を新左衛門は否定しなかった。

「分銅屋の出入り口は、表大戸と裏の勝手口だけ。大戸は分厚く、そう簡単に破れない。さらに塀には削いだ竹が立てられている。来るとしたら勝手口だな」

「拙者もそう思う」

新内が同意した。

「両替屋には、かならず現金がある。他の店よりも狙われやすいのは確かだ」

「その分、対策もされている」

用心棒稼業の長い新内である。両替屋の事情にもつうじていた。

「庭の蔵には、盗られてもどうということのないものが入れられていると主どのが言っていた」

「拙者もそう聞いた」

新左衛門の言葉に、新内が首肯した。

「ということは、外の蔵ならば犠牲にしてもよいと考えていいはずだ」

「貴殿でも、庭で迎え撃つか」

「太刀の遣えぬ室内で、身軽な盗賊を相手にするのは、面倒でござる」

「わかりもうした。ご助言かたじけなし」

新内が礼を述べた。

「援軍に行ければいいのだが」

「お気遣いなく。たかが盗賊ごとき、五人十人蹴《け》散《ち》らして見せましょう」

笑いながら新内が去って行った。

佐竹藩の下屋《しもや》敷《しき》で、斎藤以下六名の藩士が密談していた。

「分銅屋は、主の伊右衛門、番頭が二人、手代《てだい》が四人、小僧が四人、あと用心棒が一人のようだ。そのうち、番頭二人と手代一人が、通いで夜にはおらぬ」

斎藤が述べた。

「九人か。で、用心棒の腕はどうなのだ」

「わからぬ」

問われた斎藤が首を振った。

「拙者は代々の勘定方じゃ。刀など抜いたこともない」

「なさけないことを。それでも佐竹の武士か」

別の藩士が咎めた。

「しかたないであろうが。この泰平の世で剣術など何の役に立つというのだ」

「剣術は武士の表芸であるぞ」

国元から出てきた藩士が反発した。

「ならば、その武芸で藩庫を満たしてみよ」

斎藤が言い返した。

「うっ……」

国元から来た藩士たちが沈黙した。

藩による倹約は、江戸より国元が厳しかった。江戸であまりみすぼらしいまねをしていると、他藩の侮りを受けるが、国元では他人の目を気にしなくていいからである。他にも国元では、藩士たちで畑を耕したりしなければならない。国元ほど藩の窮乏はよくわかっていた。

「よさぬか」

国元から来た藩士のなかでもっとも年嵩の藩士が抑えた。

「我らは、その窮乏をなんとかするために、呼ばれたのだ。仲間内でもめている場合ではなかろう」

「たしかに」

「さようでござった」

もめていた国元の藩士と斎藤が、気まずそうな顔をした。

「用心棒が一人いたところで、やらねばならぬのはたしかなのだ。その者が遣えるなら、二人あるいは、三人でたちむかえばよいだけのこと」

年嵩の藩士が諭した。

「では、今夜やりまするか。伊田氏《いだうじ》」

「うむ。これ以上調べたところで変わるまい」

伊田と呼ばれた年嵩の藩士が首肯した。

「今夜……」

斎藤が息を吞んだ。

「おぬしの発案であろう。今更逃げ出すなどとは言わせぬ。武士を夜盗に貶《おとし》めるのだ。先頭をきって行けとは言わぬが、しっかり参加して貰うぞ」

冷たい顔で伊田が告げた。

商家の夜は意外と遅い。その日出入りした金額を帳面と照らしあわせ、一文の単位が合うまで終われないからである。

「金二百五十四両二分と一朱二百三十二文」

大番頭が帳面に筆を入れた。

「小判二百五十枚、二分金八枚、一分金二枚。一朱銀一枚、波銭五十八枚。しめて二百五十四両二分一朱二百三十二文。相違ございません」

もう一人の番頭が金を数えた。

金を内蔵へしまった番頭たちが、伊右衛門のもとへ顔を出した。

「本日の帳面あい違《たが》いなくそろいましてございまする」

大番頭が頭を下げた。

「ごくろうだったね。帰っていいよ」

伊右衛門が、奉公人たちをねぎらった。

大番頭と番頭は、店の外に家を借り、そこから通っている。一日の仕事を終えれば、大戸脇の潜り戸を開けて帰宅する。

「日が落ちると冷えるね」

「でございますな。まあ、今日は早くに終わりましたので、まだましかと」

肩をすくめる大番頭へ番頭が応えた。

「それはそうだ。では、わたしはここで曲がるから。また明日だね」

「おつかれさまでございました」

大番頭と番頭が別れた。

その姿を佐竹藩士たちが見ていた。

「すでに手代らしき男が一人出て行っている」

伊田が藩士たちを見た。

「行きましょう」

若い藩士が気負った。

「あと一刻（約二時間）待とう。小僧どもが寝入れば、余分な殺生《せっしょう》をせずともすむ」

宥《なだ》めるように伊田が首を振った。

「どこから攻めまするか。表戸を蹴破りましょうや」

「いいや。表戸は目立ちすぎる。隣近所に気づかれて、騒がれ、町方役人の介入を招くのは避けたい」

浅草付近の町木戸は吉原帰りの遊客《ゆうかく》が多いこともあって、夜半を過ぎても開けっ放しとなっていたが、町内で異変となれば話は変わった。町方の呼子笛が響けば、木戸はたちまち閉められ、木戸番が警戒に立つことになる。

「木戸番など、ものの数ではござらぬ」

「人を殺すことを楽しむな」

伊田が若い藩士を叱った。

「藩のため、夜盗のまねごとをするとはいえ、我らは武士である。その誇りまで捨てることは許されぬのだ」

「申しわけございませぬ」

若い藩士が詫びた。

「できるだけ密かに事をすませる。勝手口から侵入するぞ」

「はっ」

藩士たちが唱和した。

商家の勝手口はどことも同じようなものであった。高さ一間（約一・八メートル）、幅三尺（約九十センチメートル）、鍵ではなく、内側から桟《さん》で閉めるものであった。

「当たり前だが、鍵が閉まっているな」

一度勝手口に触れて伊田が確認した。

「上を乗りこえるのも難しいぞ」

塀の上の盗賊避けを見て、斎藤が言った。

「田崎《たさき》」

伊田が呼んだ。

「おぬしは、据えもの斬りの名手だと聞く。この扉割れるか」

据えもの斬りとは、死体などを試し切りする技のことである。二つ胴、四つ胴などの技があり、刀の善《よ》し悪《あ》しを見極めるのに使われた。全身の力を使うため、動きは鈍いが威力は大きかった。

「ごめん」

田崎が、前へ出て、勝手口の戸を触《さわ》り、軽く叩いた。

「鉄が入っている様子はござらぬ。いけましょう」

振り向いて田崎が請け負った。

「任せた」

田崎の邪魔にならぬよう、一同が離れた。

「…………」

しっかりと腰を据えて、田崎が太刀を振りあげた。

「はっ」

強く息を吐いて、太刀をまっすぐに落とした。

「いけたか」

「ご覧のとおりでござる」

問われた田崎が太刀先で勝手口の戸を押した。小さなきしみ音をさせながら、戸が内側へと開いた。

「見事」

思わず伊田が褒めた。

「参るぞ。覆面を忘れるな」

伊田が手を振った。

内蔵の前で張り番をしていた新内が、気配を感じた。

「来たか」

太刀を腰に差した新内は、隣の部屋へと声をかけた。

「主どの、どうやら鼠賊《そぞく》のようでござる」

「……なんと」

分銅屋伊右衛門が、飛び起きた。

「奉公人ともども、安全なところへお隠れくだされ」

そう言い残して新内は、庭へと出た。

「用心棒か」

「侍……」

庭で出会った佐竹藩士と新内が言葉を漏らした。

「抗《あらが》うな。手向かいいたさねば、怪我せずにすむ」

覆面の下から伊田が告げた。

「あいにくそうはいかぬのでな。用心棒は、こういうときのために普段は無為徒食させてもらっている」

「安い忠義だの」

斎藤が笑った。

「たしかに命を懸けるには、少ない日当だがな。ここで逃げて生き延びたところで、背を向けた用心棒に新しい仕事はこない。待っているのはおぬしら同様斬り取り強盗に落ちるか、餓死するかだ。そのどちらもごめんなのでな」

新内が言い返した。

「しかし、着ているものも絹ではないが、穴を繕《つくろ》ったあともなし。喰うに困っているようには見えぬ」

　月明かりで風体を見た新内が首をかしげた。

「浪人ならば、わかろう。喰うためにはなんでもせねばならぬ」

　伊田が述べた。

「……浪人。違うだろう。おぬしたちは、どこぞに仕えているはずだ。浪人独特の臭《にお》いがない。信じてきた価値を潰され、己の無力を思い知らされた者だけがもつ臭いがな」

　新内が鋭く指摘した。

「……やれ」

　それ以上の応答を切って、伊田が命じた。

「おう」

　田崎が前へ出た。

「……………」

　軽口を止めた新内が、太刀を抜いた。

「ときをかけるな。取り囲め」

更なる指示を伊田が出した。

「おう」

藩士たちが動こうとした。

「えいっ」

その出足を新内は襲った。

対峙《たいじ》している田崎ではなく、回りこもうとした別の藩士へ新内は斬りつけた。

「おわっっ」

不意を衝《つ》かれた藩士があわてた。

「ぬん」

最初の一撃は見せ太刀であった。真剣というのは独特の雰囲気を持っている。斬られれば命を失うのだ。誰でも恐怖を覚える。見せ太刀はそれを利用した技であった。真剣の恐怖に身をすくめたり、大きく反応しすぎて体勢を崩させるのが目的である。真剣勝負になれていない藩士が、しっかりと見せ太刀にはまった。

「ぎゃっ」

右肩を割られて藩士が絶叫した。

「大内」

思わず斎藤が名前を呼んだ。

「愚か者」

伊田が斎藤を怒鳴りつけた。

「おうりゃああ」

田崎が太刀を振った。

「なんの」

新内が身体をひねってかわした。それでも渾身《こんしん》の力をこめる据えもの斬りの圧力で、新内の足下が狂った。

「そこっ」

すばやく伊田が、踏みこんで突いた。

「ぐっ」

避けきれず、新内の脇腹へ太刀が刺さった。

「死ねっ」

そこへ別の藩士が斬りかかった。

「つうう」

新内が脇腹の痛みに耐えながら、太刀を振った。

「ぎゃ」

「ぐえっっ」

どちらの太刀も相手に当たった。

「しつこい」

伊田が太刀をひねった。

「……かはっ」

血を吐いて新内が絶息した。

「下《さ》げ緒《お》をはずせ。血止めをする」

自らも下げ緒を解《ほど》きながら、伊田が命じた。

「よし、傷を負った者は、急ぎ屋敷へ戻れ。残りは蔵の鍵を壊す」

怪我人を帰して、伊田が蔵の前へ立った。

「このていどならば」

斎藤が小《こ》柄《づか》で鍵穴をこじった。大きな音とともに鍵がはずれた。

「……あった」

なかへ入った斎藤が木箱を持って出てきた。

「佐竹さまお預かり。よし」

表書きを読んだ伊田がうなずいた。

「これだけでは疑われる。適当にいくつか持ち出せ」

「わかった」

もう一度斎藤が蔵へ入り、両手に箱を抱えてきた。

「長居は無用だ。戻るぞ」

伊田が、手を振った。

第三章　妾の番人

一

早朝、分銅屋から小僧が駆けてきた。

「旦那さまが、至急お出でいただきたいと」

小僧の顔色は変わっていた。

「何があった」

「とにかく、お店へ」

「拙者だけだな」

話せないと言う小僧から、新左衛門は美代を連れてくるなとの意味を感じた。

「はい」

「わかった」

出てくると竹に残して、新左衛門は小僧の後に従った。

妾宅と分銅屋は近い。走ったところで息を荒くする前に着いた。

分銅屋が開くには、まだ早い。新左衛門は大戸の脇、潜り戸を開けて店へ入った。

「大月さま」

なかで伊右衛門が待っていた。

「たいへんなことになりました」

伊右衛門の表情が引きつっていた。

「新内さまが、殺されました」

「なにっ」

思わず、新左衛門は驚愕の声をあげた。

「盗人か」

「さようで……お気づきだったので」

伊右衛門が引っかかった。

「いや、じつは……」

新左衛門が説明した。

「そのようなことが」

苦い顔を伊右衛門がした。

「新内どのは」

「いつものお座敷に」

「あがらせてもらうぞ」

「あっ。お待ちを」

急《せ》く新左衛門を伊右衛門が止めた。

「浅草の親分がお見えでございますれば」

「わかった」

新左衛門は首肯した。

店の用心棒をしていた新左衛門にも馴染《なじ》みの座敷で、新内が寝かされていた。

「入ってよいか」

新左衛門は座敷の外で許可を欲した。

「お侍さんは……」

尻《しり》はしょりをした中年の町人が鋭い目つきで問うた。

「当家の用心棒の一人、大月新左衛門だ」

「あなたさまが。権堂の旦那から聞いておりやす。あっしはこのあたりをお世話させてもらっております善兵衛《ぜんべえ》と申しやす」

中年の町人が名乗った。

「主どのに聞いている。浅草の親分」

「お侍さんに親分といわれるほどのものじゃございませんが」

善兵衛が苦笑した。

「見せてもらってよいか」

「どうぞ」

新左衛門の頼みに、善兵衛が首肯した。

「…………」

両手を合わせてから、新左衛門は新内の身体をあらためた。

「致命傷は、左脇腹の傷ではないかと」

「であろうな」

後ろから覗《のぞ》きこんだ善兵衛に、新左衛門は同意した。新内の傷は大きく、内臓があふれ出していた。

「この傷は太刀のようだ」

「でござんしょう。ここの傷も」

善兵衛が新内の右肩の着物を開いた。

「浅いな」

肩の傷は表面を削っているだけで、骨にまでは届いていなかった。

「賊の死体は」

「ございません」

新左衛門の問いに、善兵衛が首を振った。

「新内どのほどの腕で、賊を一人も仕留めていないなど考えられぬ」

「血の跡は残っていやすがね。ご覧になりますか」

「見せてくれ」

先に立つ善兵衛について、新左衛門は庭へ出た。

「あそこ、ここところで」

「……これが新内どののものだな」

もっとも多い血だまりを新左衛門は指さした。

「へい」

「とすれば、少ないな」

新左衛門は残り二カ所に不満を持った。

「親分、賊は何人だと思う」

「五人から七人というところでございましょう。足跡が少なくとも五つ見受けられやした」

「人数に押し負けたか」

いかに剣の達人といえども、囲まれれば勝ち目は薄かった。

「もう一つご覧いただきたいものが」

善兵衛が新左衛門を促した。

「この勝手口なんでござんすがね。大月さんなら、同じことができやすか」

「……無理だな。拙者がやったならば、板が割れる。このように斬ることができるのは、よほどの達人か、据えもの斬りか」

問われた新左衛門は首を振った。

「据えもの斬りでござんすか」

町奉行所の手下である善兵衛が小さく目を見張った。

「小伝馬町《こでんまちょう》の牢屋敷《ろうやしき》で見たことはござんすが」

磔《はりつけ》や、引き回しなどの対象となるほどの重罪でない死罪の執行は牢屋敷でおこなわれた。そして死罪人の死体は、試し切りに供された。

「侍の仕業《しわざ》だな」

「浪人かもしれやせんが」

新左衛門の言葉に善兵衛が加えた。

侍とは、主君を持っている者を指す。新左衛門や新内などの浪人は侍ではない。したがって、なにか罪を犯せば町奉行所に捕らえられた。

「大月さま」

廊下から伊右衛門が呼んだ。

「ひどいな。被害は」

「外蔵は破られ、いくつかの品物が奪われましてございまする」

伊右衛門が答えた。

「ですが、内済にしていただくことといたしました」

「なんだと」

聞かされた新左衛門が絶句した。

内済とは表沙汰にせず、なかったこととする。奉公人の不始末や、身内の恥など世間へ知れては暖簾に傷が付く場合などにもちいられる。

「分銅屋がお預かりした物品を盗まれたとあっては、今後お客さまの信頼にかかわりまする」

淡々と伊右衛門が言った。

「新内どのが殺されておるのだぞ」

新左衛門が詰め寄った。

「存じております。新内さまにお身内でもあれば、話はまた変わりましたが、天涯孤独と伺っておりますれば、あえて表沙汰とせずとも」

「なにを言っておられるか、おわかりなのだろうな」

憤《いきどお》りを抑えて新左衛門は、確認した。

「もちろん、新内さまは手厚く葬らせていただき、その菩提《ぼだい》もわたくしどもの店で弔わせていただきまする。もし、新内さまのお身内が後日出て来られたならば、十分なこともいたしまする」

「しかし……」

「大月さま。明らかにしたところで、誰も得をいたしませぬのでございますよ」

反発する新左衛門へ、伊右衛門が言った。

「用心棒でありながら、盗賊を防げなかった新内さまのお名前も、預かりものを奪われたこの分銅屋も世間の笑いものになるだけ。表沙汰にしても、おそらく盗賊は捕まりませぬ。また、捕まったところで新内さまが生き返られるわけではございませぬ」

「……」

「理屈にもなってない。人を殺した者を見逃せと言われておるのでござるぞ」

新左衛門は、伊右衛門を遮った。

「親分、よろしくお願いいたしましたよ」

「お任せを」

興奮する新左衛門を無視して、伊右衛門が善兵衛に頼んだ。

「大月さま、こちらへ」

立ちあがった伊右衛門が、新左衛門を誘った。

「なんでござる」

伊右衛門の居室にとおされた新左衛門は、不機嫌《ふきげん》なまま問うた。

「表沙汰にしないのには、もう一つわけがございまする」

「お聞かせ願えるのであろうな」

「でなければ、お呼びしませぬ」

うなずきながら伊右衛門が述べた。

「盗人に心当たりがございまする」

「なんと言われた」

新左衛門は、耳を疑った。

「確たる証があるわけではございませぬが、まずまちがいございますまい」

伊右衛門が断じた。

「それでもお届けにならぬというのは……まさか」

「はい。大月さまのお考えで正しいかと。これでおわかりいただけましたな」

それ以上言うなと伊右衛門が口を封じた。

「なれど……」

「もちろん、きっちりと対応はさせていただきまする」

きっぱりと伊右衛門が告げた。

「お相手の名前を出すわけにはいきませぬが、わたくしも商人。やられたままで黙っていては、やっていけませぬ。それに商人には商人のやり方がございまする」

伊右衛門が冷たい目をした。

「ついては、大月さまにも十分なご警戒をお願いいたしまする」

「それは十分承知しておりまする」

任せてくれと新左衛門は胸を張った。

「これもご内密にお願いいたしまするが……」

声を伊右衛門が潜めた。

「今回の盗人は失敗いたしておるのでございまする」

「どういうことでござる」

「持って帰ったのは、真っ赤な偽物でございました。本物は別のところに保管しておりまする。今ごろは、それを知って悔しがっていることでございましょう」

　小さく伊右衛門が笑った。

「………」

　新左衛門は沈黙した。

「大月さまには、わたくしが後顧の憂いなきよう、妾宅をしっかりお守りくださいますよう」

「こちらは大事ないのか。新内どのほどの腕達者はなかなか見当たらぬと思うが」

「ご懸念なく。浅草の親分が若い衆を三人、貸してくださるとのこと」

　大丈夫だと伊右衛門がうなずいた。

「わかった。では、これで。あと、昼過ぎに一度外出させていただく。万一の用意をしておきたい」

　新左衛門の口調が厳しいものに変わった。

「お早くお戻りくださいますよう」

　伊右衛門が釘を刺した。

「わかっておる」

もう一度隣室へ寄って、新内に手を合わせて分銅屋を出た新左衛門を少し離れた辻の陰から見ている侍が居た。

「新しい用心棒を早速にやとったのか」

驚きを口のなかで殺した侍が新左衛門のあとを付けた。


佐竹家下屋敷で、江戸家老藤田が真っ赤な顔をしていた。

「このような偽物をつかまされおって」

桐箱のなかに入っていたのは、そこらの店で百文も出せば買えるような安物の茶碗であった。

「申しわけございませぬ」

叱られた伊田が詫びた。

「あいにく、誰もご拝領品を見たことがなく」

「言いわけをするな。神君家康さまから拝領されたものかどうかなど、品物を知らずとも見ただけでわかるはずじゃ。ものが違う。これだから剣術しかできぬ者は」

　藤田が嘆息した。

「二人に大怪我をさせたというに」

　怒りのあまり、藤田が茶碗を床にたたきつけた。

「……つっ」

　破片が当たって伊田の手の甲に小さな血の粒が浮いた。

「分銅屋が町奉行所へ訴え出れば面倒なことになるぞ」

「一人残し、見張らせておりまする」

　伊田が述べた。

「斎藤」

「はっ」

　後ろで小さくなっていた斎藤が、返事をした。

「分銅屋へ行け」

「な、なぜでございまするか」

　斎藤が驚いた。

「盗人が入ったと聞いた。預けてある品物は無事かと問い合わせるのだ。そのとき、現物を見てこい。さすれば、どこに仕舞われているかもわかるはずだ」

藤田が命じた。

「見せてくれましょうか。我らの仕業と気づいておるやも知れませぬ」

「気づいていても、なんの証拠もないのだ。分銅屋はなにもできぬわ」

二の足を踏む斎藤へ、藤田が安心しろと言った。

「できれば、他の者がよろしいのでは。事情を知らぬほうが、不審な態度をとらず、みょうな勘ぐりを避けられるかと」

「阿呆《あほう》。これ以上かかわる者を増やせるか」

斎藤の提案を藤田が一蹴《いっしゅう》した。

「もとは、きさまが言い出したことだ。責任は取ってもらう」

「……はい」

うなだれた斎藤が了承した。

「伊田。人員の補充なしでいけるな」

「難しゅうございまする。商家の用心棒と侮っておりましたが、なかなかの遣い手でございました」

難しいと伊田が答えた。

「やむを得ぬ。毒喰らえば皿までじゃ。戦えなくなった二人の補充は認めてやる。ただし、これだけだ。これ以上ことを拡げれば、漏れかねぬ。殿に知られれば、我らは切腹ぞ」

「承知いたしましてございまする」

伊田が頭を下げた。

「ご家老」

そこへ見張りに残っていた藩士が戻ってきた。

「分銅屋は町方を呼んでおりませぬ。代わりに新しい用心棒を雇い入れたようでございまする」

「昨日の今朝《けさ》でか。分銅屋め。商人の分際で生意気な。用心棒一人失ったくらいでは痛くもないというか」

藤田が吐き捨てた。

「念のため用心棒のあとを付け、住まいを確認いたしておりまする」

「よくやった。八幡《やはた》」

報告に藤田が歓喜した。

「よし。斎藤、そなた分銅屋へ行くのはしばし待て。伊田、新しい用心棒を片付けろ」

「はっ」

「なにを……」

喜ぶ斎藤に比して伊田が顔をゆがめた。

「分銅屋を怖《おそ》れさせるのだ。八幡、そなたが指揮を執れ」

藤田が言った。

「これからずっと分銅屋が雇い入れる用心棒を倒していけば、商人など震えあがるはずだ。さすれば、ご拝領品を店からどこかへ移そうとするはずだ。そこを襲えばよい。どこに隠してあるかわからなかったために、今回は失敗したのだ。そうであろう」

「……はい」

睨《にら》まれて伊田がうなずいた。

二

長屋へ戻った新左衛門は、押し入れのなかから柳行李《やなぎごうり》を出した。

「これを身につけることになるとは」

新左衛門が手にしたのは、紙子《かみこ》の襦袢《じゅばん》であった。わざとしわにした和紙を使って作った紙子襦袢は、太刀を防ぐ。

といったところで、まともに刃筋のあった一撃や、突きにはまったく抵抗できないが、かするていどならば防げた。

「鎖帷子《くさりかたびら》が欲しいところだが」

細かく鉄の鎖を編んで作った鎖帷子は、刀の突きも通さない。槍《やり》でも持ってこないかぎり、大丈夫なものであったが、かなり値が張った。

「大月さま。お帰りでございましたか」

長屋を出たところで、新左衛門は八重と出くわした。

「少しものを取りに戻ったのでござる」

「お顔の色が優れませぬが、ご体調でもお悪いのでございまするか」

八重が気遣った。

「大事ございませぬ」

新左衛門は否定した。

「ならばよろしいのでございまするが」

まだ八重は新左衛門の顔を見つめていた。

「…………」

新左衛門は息をのんだ。

伊達斉村の側室になるほどである。その容姿は群を抜いていた。殿中という心を削る場所から解放されたこともあるのだろう。かつてのような怜悧《れいり》なものではなく、柔らかい美しさに変わっていた。

「なにか」

動きの止まった新左衛門へ、八重が首をかしげた。

「いえ。なんでもござらぬ」

新左衛門が頭を振った。

「お届けものでございますか」

八重が手にしている風呂敷包みへ新左衛門は意識を変えた。

「はい。ようやく頼まれていました仕立てものができあがりましたので」

伊達家を出た八重は、仕立てものを請け負うことで生計を立てていた。

「あれからはなにもございませぬか」

新左衛門が声を潜めた。

「今のところは」

八重が言った。

妾奉公を辞めた八重の周囲に、一時みょうな人影がちらついた。

「ならばよろしいが、なにか不審がございますれば、すぐに仰せられますよう」

「ですが、わたくしはもう大月さまの主筋《しゅすじ》ではございませぬ」

「遠慮なされるな。八重さまのことは、山城屋に頼まれておりまする」

「さまなどおつけにならぬようにお願いいたしまする。やっとわたくしは、ただの浪人者の娘に戻れたのでございますれば」

背筋を伸ばして八重が胸を張った。

「そのようにいたしまする」

狭い長屋の路地で二人の男女が話しこんでいるのは目立つ。興味深げな長屋の女房たちの目に新左衛門は、身を縮めた。

「どうぞ、お行きなされよ」

「はい。では、ごめんくださいませ」

きれいな礼をして、八重が離れていった。

「大月さま」

長屋の女房が笑いながら寄ってきた。

「八重さんと訳ありだと思っていたけどさ、やっぱり」

「違う。拙者と八重どのは、知人でしかないぞ」

「真っ赤な顔をして言っても、無駄ですよ」

「…………」

新左衛門は黙るしかなかった。

「まあ、いじめるのはこれくらいにして。分銅屋さんに盗賊が入って人死にが出たんですってねえ。恐ろしい」

「なぜそれを」

「朝から噂でございますよ」

「先を急ぐので、ごめん」

まだ話したそうな隣家の女房を置いて、新左衛門は足を速めた。

「山城屋どのおられるか」

新左衛門は妾宅へ帰る前に、昼兵衛のもとを訪れた。

「大月さまではございませぬか。妾番はよろしいので。まあ、とりあえず、おあがりになって」

帳面をしたためていた昼兵衛が、新左衛門を手招きした。

「邪魔をする」

新左衛門が座った。

「たいへんでございましたね」

女中に手で白湯を持ってくるように合図しながら、昼兵衛が気遣った。

「やはりご存じであったか」

もう新左衛門は驚かなかった。

「しかし、一件を分銅屋どのは内済にしたというのに」

「人死にがあったんでございますよ。隠しきれるものではございません。分銅屋さんに勤める女中がおののいてしまって、朝明けるなり身元引受人のもとへ逃げ出してしまったのでございますよ。そこからまあ、話が漏れたと」

「そうであったのか」

ようやく新左衛門は納得した。

「もっともその女中とは別に、噂は流れていたようでございますが」

昼兵衛が付け加えた。

「ちょうどいい。ご紹介しておきましょうか。おい、誰か。読売の海老さんを味門まで呼んできておくれな。大月さま、少しおつきあいくださいませ」

さっさと昼兵衛が立ちあがった。

「いや、妾宅へできるだけ早く帰らねば」

「きっと役に立つはずでございますよ。分銅屋さんの裏を知れるかもしれません」

しぶる新左衛門を昼兵衛は押すようにして、味門へと連れこんだ。

「いらっしゃいまし。おや、大月さま。数日お顔を拝見いたしませんでしたが」

女将が寄ってきた。

「泊まりの仕事でな」

「さようでございますか。いや、山形さまもお泊まりで、ここ最近おいでではないのでございますよ」

残念そうに女将が言った。

「お二人とも、かつおぶしの番に手一杯なのでございますよ」

「あら、そうだったのでございますか」

女将が納得した。

「かつおぶし……」

新左衛門が首をかしげた。

「お妾さんのことでございますよ。いい女は、不意に横からかっさらわれていくもの。まるで猫にかつおぶしを持っていかれるように。ここから、お妾さんのことをかつおぶしというのでございまして。まあ、隠語の一つでございますな」

昼兵衛が笑った。

「ということは、山城屋どのはかつおぶし問屋か」

「はい」

「では、我ら妾番は……猫よけの犬」

「お武家さまに犬というのはなんでございますが、そうなりましょう」

苦笑しながら昼兵衛が首肯した。犬というのは武家を侮蔑《ぶべっ》した言葉である。禄をくれる主君に対し、忠誠を尽くすというのが、飼い犬と比喩《ひゆ》されるのだ。

「浪人だ。犬でもなんでも気にはせぬ。まあ、猫にはならぬが」

「猫になられては、わたくしが困りまする」

昼兵衛が頬を緩めた。

「どうぞ」

女将が小鉢を持ってきた。

「根深《ねぶか》を煮て、くずをかけたものでございます。のせてあるおろし生姜《しょうが》を混ぜてお召し上がりくださいな」

「生姜かい。身体が温まるね」

「いただこう」

二人が箸を伸ばした。

「お仕事の最中ということなので、お酒はなしで」

味門の主が、どんぶり飯を持ってきた。

「山椒の佃煮《つくだに》をそえてございますれば」

「いいねえ。こういう気遣いが他にはない」

満足そうに昼兵衛がどんぶりを持ちあげた。

「……効くな」

すでに新左衛門は飯をかきこんでいた。

「あとでお魚をお持ちします。黒鯛の味噌漬けを焼いてお出ししますので」

ほほえみながら主が調理場へと下がっていった。

「大根にもよく出汁《だし》が染みている。うまい」

新左衛門が舌鼓《したつづみ》をうった。朝からなにも食べていなかった新左衛門は、腹にものを入れて、落ち着いた。

「分銅屋で出してくれる飯は、ちょっと少なくてな」

剣術をやっているものは、よく飯を喰う。男ならば一日五合くらいは食べた。

「商家というのは、食事からまず倹約するものでございますからな」

昼兵衛が述べた。

「お待たせを」

そこへ女将が黒鯛の味噌漬けを出した。

「少し濃いめに漬けてありますので」

「いいね。ご飯のおかずには最高だ」

「お代わりを」

喜ぶ昼兵衛を尻目に新左衛門は二杯目の飯を注文していた。

妾番をしているおかげで、味門で腹一杯喰うくらいの金は、新左衛門は持っていた。

「お呼びだそうで」

女中に呼び出された海老が顔を出した。

「忙しいところをすまないね」

「いいえ。分銅屋さんの話は内済だとか。瓦版《かわらばん》にできませんので、暇でございました」

苦笑いしながら海老が座った。分銅屋にさからって瓦版を出すだけの力は、読売屋にはなかった。

「女将さん、海老さんにも同じものをね」

「すいやせん」

海老が頭を下げた。

「今朝のこと、どこから聞いたか大月さまへ教えてあげておくれな」

「こちらがあの大月さまで。よろしいので」

初対面の海老が警戒した。

「かまわないよ。このお方はわたくしの身内みたいなものだからね。大月さま、この者が読売屋の海老でございまする」

「初めてお目にかかる。大月新左衛門でござる」

「ごていねいにどうも。海老という読売刷りでございまする。どうぞ、以後お見知りおかれてよろしくお願いいたしまする」

立ちあがって海老が名乗った。

「分銅屋さんのことでござんすね」

もう一度座った海老が、確認した。

「あっしのもとに話が来たのは、七つ（午前四時ごろ）で」

「そんな早くにか」

聞いていた新左衛門は目を見張った。

「読売屋というのは、早さが命でございますから。町の噂を年中無休で買い取っておりましてね」

笑いながら海老が言った。

「それで拙者のこともご存じであったのか」

己のことを紹介された海老の最初の反応を、新左衛門は見逃していなかった。

「すいやせん。大月さまがもと仙台さまのご家来であったことも知っておりやす」

「事実なので気にはしておらぬが、拙者の噂はどうなのか、興味はあるな」

新左衛門が訊いた。

「ご勘弁を。ご本人に申しあげるのは、ちょっと」

海老が首をすくめた。

「まあ、その話は今度にいたしましょう。それより、海老さん、続きを」

昼兵衛が間に入った。

「へい。夜明け前に紙くず拾いの余市《よいち》が、分銅屋さんの裏を通って、勝手口が開いているのに気づいたんで」

「勝手口か」

見事な切り口を見せていた勝手口を新左衛門は思い出した。

「そこから余市が覗きこんで、用心棒の旦那が死んでいるのと、蔵の戸が開きっぱなしになっているのを見たんで」

海老が説明した。

「盗人の仕業とわかりますな、それで」

飯を喰い終えた昼兵衛が、白湯を喫した。

「しかし、結構な金を払って手に入れた話も書けなければ意味がござんせん」

無念そうに海老が嘆息した。

「で、海老さん。先日のお願いの結果をお聞かせ願いたい」

調査の結果を報告するようにと、昼兵衛が促した。

「まず分銅屋さんの妾でござんすが、浅草あたりでは誰も知りやせん。出は神田だと女中から聞けたので足を向けやしたが、まったくなにもわかりやせんでした。申しわけないことで。もう一つ四条屋……」

「それはあとでいいよ」

昼兵衛が止めた。

「では、盗みのほうに移らせていただきやす。いくつかの大店で盗難があったようで。皆、一様に内済にしてるのか、表にはほとんど出てきてやせんが」

「盗難の内済はないことではないけれど、人死には出てないのかい」

「あっしの調べた範囲では、分銅屋さんで二件目で」

「一件目はどこだい」

「神田の札差、先島屋治兵衛《ちへえ》さんで」

「大店だねえ」

昼兵衛が感心した。

「そうなのか」

新左衛門が問うた。

「江戸でも一、二を争う札差でございますよ」

「札差とはなんだ」

「旦那は仙台さまのご家中でいらしたから、ご存じ在《あ》りませんか。札差とは、お旗本に支給される禄米を代わりに売って、お金に換える商売で。浅草のお米蔵から出された俵《たわら》に、店の名前を書いた札を差し、己の店の扱いであると示したことから、札差と呼ばれました」

「なるほど、商売のできぬ旗本の代わりに米を売って、その手数料を稼ぐと」

説明されて新左衛門が理解した。

「さようでございまする。それがやがて生活に困ったお旗本さまへお金を融通するようになり、今では、そちらが本業のようになってますがね。なにせ、借金の取りはぐれがない」

「取りはぐれがない……」

新左衛門が首をかしげた。

「借金の形に禄米切手を預かりますからな」

淡々と昼兵衛が語った。

禄米切手とは、何々家に何俵、あるいは何石支給すると書いた証文のようなものだ。これを浅草の米蔵へ示して初めて米が支給される。これがなければ、どれほどの名門であろうが、一粒の米ももらえない。旗本や御家人《ごけにん》にとっては家とともに命より大切なものであった。

「その先島屋が襲われた」

「へい。これも内済なので、なかったことになってやすがね。番頭が一人殺されたらしいと」

海老が話を引き取った。

「それでも内済なのか。札差ならば、幕府に顔が利《き》くだろう。町奉行を動かすこともできるはずだ」

疑問を新左衛門が呈した。

「普段ならばそうしたはずですがね、なぜか先島屋はしなかった」

「しなかったのではなく、できなかったのかも知れませんよ」

昼兵衛が口を挟んだ。

「できなかった」

「はい」

冷たい光を目に浮かべながら昼兵衛が言った。

「表沙汰にできないものを盗まれた」

「……表沙汰にできないものが、分銅屋にもあるというのか。人一人死んだこと以上に重いものが」

昼兵衛の言葉に、新左衛門は小さく震えた。

「そのうえに正体の知れぬ妾」

「ご注意下さいまし。大月さまに死なれると山城屋は困りますので」

「気をつけよう」

新左衛門が、表情を引き締めた。

妾番に戻るという新左衛門を見送った昼兵衛が、表情を厳しくした。

「海老さん。先島屋と分銅屋がそこまでして隠さなければいけないものがなにか、わかりますか」

「品物まではちょっと。ただ……」

黒鯛の味噌漬けをつつきながら、海老が昼兵衛を見た。

「妾と妾番は、山城屋の看板。その看板を壊されてはたまりませんからね」

昼兵衛が一分金を差し出した。

「ありがとうございやす。これで今朝の損が消えやした」

うれしそうに海老が金を懐へしまった。

「一分金に見合うだけの話なんだろうね」

昼兵衛が商人の顔になった。

「それは旦那次第でござんしょう」

海老も表情を引き締めた。

「たしかにね。田舎出の女をそのまま妾に出すか、磨いてからにするか、その判断は妾屋の仕事。それと同じだったね」

ふっと昼兵衛が肩の力を抜いた。

「先島屋は、そのちょっと前に尾張さまへ二万両貸し付けたそうで」

「御三家の尾張さまかい。いかに名古屋六十一万石のご大身とはいえ、二万両はそう簡単にどうこうなる金額ではないね」

昼兵衛が腕を組んだ。

「証文だけで貸したのかい」

「それはございませんでしょう。棄捐令《きえんれい》の痛い思い出がございますから」

飯を口にしながら、海老が否定した。

棄捐令とは、寛政元年（一七八九）九月十六日に老中松平越中守《まつだいらえっちゅうのかみ》定信が出したもので、旗本御家人の借金にかんし、天明四年（一七八四）以前のものは放棄、それ以降のものは年利を一割八分から六分へと引き下げさせた。また、禄高にふさわしくない金額の借金を申しこまれても断れと命じ、札差は米の換金手数料だけでやっていくようにとも指導した。

これは御三家、御三卿の家臣にまで拡げられ、その結果、棒引きとなった借金は百二十万両をこえた。

当然、札差たちの打撃は大きく、二十軒ほどが廃業あるいは、休業のやむなきに到《いた》った。

一方、借金帳消しに狂喜乱舞した旗本御家人たちは、その後貸し渋りにあい、生活費にも困る状況となった。棄捐令の結果に驚いた幕府は、あわてて借金の条件を緩和、経営状態の悪化した札差たちに、一万両の資金援助を二回おこなったが、その余波は未だに残っていた。

「あれは無茶だったねえ。金貸しが成りたたなくなる。まあ、札差たちも暴利をむさぼりすぎていたけど、帳消しはひどい。せめて利子の減額か、棒引きくらいでとめておかないとね」

「でござんすね。そのうえ、庶民にはかかわりがない」

棄捐令は旗本御家人らに限定され、庶民の借財はそのまま捨て置かれた。

「おかげで、こちらも大損したよ。札差の旦那衆が妾を囲うどころじゃなくなってしまってね。妾が余って、余って」

昼兵衛が嘆息した。

札差をはじめとする質屋などの金貸しは、妾屋の上得意ばかりである。札差たちが没落すれば、妾たちも仕事にあぶれることになり、得意先をなくした何軒かの妾屋が潰れた。

「ほかに先島屋が金を貸しているのは……」

「多すぎますよ」

勘弁してくれと海老が手を上げた。

「それもそうだね」

大名で商人から金を借りていないものはいなかった。名前を羅列し始めれば、一日かかっても終わらない。

「先島屋の一件は、何日前だっけ」

「もう三十日になりやすね」

すぐに海老が答えた。

「町奉行所は」

「表だってはもちろん、密かにも動いてはいないようで」

海老が首を振った。

「まあ、尾張さまにかかわるとなれば、二の足を踏むのは当然か」

昼兵衛が嘆息した。

もともと町奉行所は町人だけを管轄する。大名や旗本、諸藩の藩士などの武家にかんしては、目付からの指示があったときだけ、捜索捕縛する。これをお下知者というが、さすがに御三家への手出しはない。

徳川家の血縁は政《まつりごと》にかかわらない決まりであるが、御三家や御三卿などとなると、幕閣とのつきあいも深く、町奉行の首を飛ばすくらいはできた。

「で四条屋さんのことだけど」

昼兵衛が話を最初に止めたところへ戻した。

「四条屋さんの手代に酒を飲ませて訊いたんですがね。あの妾は四条屋さんが直接取りあつかったとかで、番頭でさえ詳しくは知らないという話で」

「あれだけの名店だ。うちと違ってまず主が店に出ることはない。その主が一人であつかったか」

「ご存じでやすか。四条屋さんが、裏で金貸しをしていることを」

「噂ではね。本当だったのかい。へえ。妾で稼いだ金を人に貸すとは、涙の二重取りじゃないかい」

昼兵衛があきれた。

「棄捐令でかなり痛い目にあったようなのでございますがね」

「そういえば、四条屋さんが危ないという話を聞いた覚えがあるねえ」

江戸でも同業者は少ない。妾屋の評判はけっこう耳にした。

「それがここに来て急に羽振りがよくなったと……」

「金主がついたかな」

海老の説明に昼兵衛は言った。

「そこまではちょっと」

さすがに調べられないと海老が苦笑した。

「なにやら裏がありそうだねえ」

するどい目で昼兵衛が口にした。

「さて、店に帰るとするよ。分銅屋さんの一件、よろしく頼むよ」

「それも込みで一分はちょっと安すぎやせんか」

不満を海老が口にした。

「見合うだけのものを持ってきてくれれば、色を付けてあげるよ。女将、いつものように月末の支払いでいいね」

「はあい。ありがとうございました」

女将に見送られて昼兵衛が味門を出た。

三

家斉の大奥入りを見届けた林出羽守が屋敷へ戻ったのは、すでに五つ（午後八時ごろ）を過ぎていた。

十一代将軍家斉の寵臣ともなれば、屋敷への来客は絶えない。

「お帰りなさいませ」

「何組だ」

出迎えた用人《ようにん》へ、林出羽守が問うた。

「五組お待ちでございまする」

「そなたで対応できなかったのか」

疲れた顔の林出羽守が、渋い顔をした。

「七組はわたくしでご承知くださったのでございまするが……」

申しわけなさそうに用人が顔を伏せた。

「誰だ」

「まずお旗本花房志摩守《はなふさしまのかみ》さま、同じく菅野一郎兵衛《かんのいちろうべえ》さま、伊藤監物《いとうけんもつ》さま、町奉行坂部能登守さま、最後が福岡藩黒田家家老宮本主膳《みやもとしゅぜん》さま、でございまする」

「能登守どのが、お見えか。わかった。能登守どのには、悪いが最後に回ってもらおう。他の方々を、順にお通しせよ。あと能登守どのには別間を用意し、酒肴《しゅこう》を出しておくように」

「承知いたしましてございまする」

用人が頭を下げた。

「なにとぞ、よしなに願いまする」

どの客人も、同じ言葉を残して去っていった。

「幕府の役職がそれほどあるわけもない。役目を与えられるには与えられるだけの素質が要りようなのだ。家柄だけで任じられるものではないわ」

林出羽守が吐き捨てた。

「黒田家のお手伝い普請《ぶしん》免除願いも同じだ。どこかの大名がせねばならぬ。それを己だけ避けようなどとは、上様への忠義に欠けていると、明言しているも同然だとなぜ気づかぬ」

黒田家の家老を罵《ののし》って、林出羽守が立ちあがった。

「お待たせした」

別室へ移った林出羽守は、まずていねいに詫びた。

「いやいや。馳走になっておりまする。いい酒でござるな。なんなら、もう半刻くらい、放置していただいてもよろしいが」

笑いながら坂部能登守が、手を振った。

坂部能登守広吉は、商人の町大坂を無事に治めたその手腕に目をつけた林出羽守によって、寛政七年（一七九五）六月に大坂町奉行から抜擢されてきたばかりであった。町奉行に転任すると同時に、五百石の加増も受けていた。

「またなにか」

さっそくに林出羽守が問うた。

「さようでござる」

盃を置いて、坂部能登守が話し始めた。

「今朝方、同心が報せて参ったのでござるが、浅草の両替屋分銅屋伊右衛門方に盗賊が押し入り、用心棒を殺害したと」

「ふむ」

林出羽守が先を促した。

「内済になったのでござる」

「……内済。人一人死んでおるのに」

すっと林出羽守の目が細められた。

「先島屋と同じでござるな」

坂部能登守が述べた。

「分銅屋を襲った者については、あれからなにかわかったのか」

「現場を見たのは、岡っ引きだけで、同心は入っておりませぬ。したがって、詳しくはわからないのでござるが、どうやら五人から七人の武士、あるいは浪人らしゅうござる」

「また侍か。で、奪われたものは」

「それについては不明でござる。主が岡っ引きにさえ言わぬようで」

小さく坂部能登守が首を振った。

「…………」

林出羽守が腕を組んだ。

「もう少し、調べよ」

「やってはみまするが、難しゅうござる」

坂部能登守が難色を示した。

「大坂ほどではござらぬが、江戸でも岡っ引きはもとより、町奉行所の与力、同心まで、商家から金を受け取っておりまする。まあ、そうでもせぬと、食べていけぬほどの薄禄なのでござるが……」

「町奉行の命より、町家の願いを優先すると」

「さようでござる。なにせ、数年で異動する町奉行より、代々金を払ってくれる商家のほうがたいせつなのは道理。町奉行に媚《こ》びたところで、精々筆頭という肩書きがつくていど。それも奉行が代わるとそれまで。これで商家を裏切れと言っても動くはずはございませぬ」

淡々と坂部能登守が告げた。

「たしかに」

理由に林出羽守が納得した。

「しかし、それだけはっきりした動機があるならば、かえってくみしやすいはずだ」

「金で動かすのでござるか」

「なんなら転属でもよい。不浄職と呼ばれる町同心から、大番組同心や鉄砲組同心への転属を……」

「だめでございましょう。大番組の同心など、明日喰いかねておりますぞ。町同心は、皆、毎日紺足袋を履き捨て、着物を年に一枚は新調いたしまする。なかには妾を囲っている者もおるとか。多少のさげすみと貧乏を交換するはずはございませぬ」

大坂町奉行として苦労してきた坂部能登守である。町同心のことをよく知っていた。

「金でつるしかないか」

「なまじの金では無理でございましょう」

「百両ではいかぬか」

「それは思いきった金でございますな」

林出羽守の提示に坂部能登守が驚いた。

百両は、町与力の一年分の収入に匹敵した。三十俵二人扶持《ぶち》の町同心が、およそ年十二両であることを考えれば、相当な金額であった。

「おぬしが町奉行である間だけでよいのだ」

「ならば隠密廻《おんみつ》りを一人、引き入れましょう」

「隠密廻り……それはなんだ」

聞き慣れない言葉に林出羽守が説明を求めた。

「町方同心のなかでももっとも腕の立つ者のことでござる。長く定町廻りを務めた老練な者二名が選ばれ、奉行に直属いたしまする。他の同心は与力支配なのでござるが」

「なんともつごうがよい」

適任だと林出羽守が手を打った。

「さっそくに、町奉行所へ戻り一人選びましょう」

「しばし待て」

林出羽守が手を叩いた。

「お呼びでございまするか」

用人が顔を出した。

「さきほどの客人が置いていったのは、いくらあった」

「全部で百十五両でございまする」

問われた用人が答えた。

「百両を、能登守どのへ」

「はい」

一度下がった用人が、切《き》り餅《もち》と呼ばれる二十五両の包みを四つ袱紗《ふくさ》に包んで戻ってきた。

「よろしいのか」

坂部能登守が林出羽守を見た。

「あとくされのない金じゃ。余の手元にあっても気づかぬうちに使ってしまうだけ」

林出羽守が笑った。

「助かりまする。町奉行は存外に金を喰いますれば」

小さく頭を下げて坂部能登守が受け取った。

「よい報告をな」

「お任せあれ」

大きくうなずいて、坂部能登守が戻っていった。

「お帰りになりました」

見送っていった用人が、帰ってきた。

「治田を呼べ」

「今からでございまするか」

用人が訊いた。

坂部能登守とかなり長く話していたのだ。すでに時刻は深更に近い。

「うむ」

「わかりましてございまする」

主君の命には、なにがあっても従わなければならなかった。用人は、中間《ちゅうげん》の一人を起こして使いに出した。

「風呂の用意をいたせ」

林出羽守が入浴を終わり、遅い夕餉を摂《と》り終わったころ、ようやく治田がやって来た。

「遅くにすまぬな」

「いえ」

小さく治田が首を振った。

「分銅屋にも人を入れていたのであろう」

「盗人の件でございますか」

治田が林出羽守へ問うた。

「そうじゃ。先ほど能登守どのから聞いた」

「報告が遅れ申しわけございませぬ。分銅屋に入れておりましたくのいちが、別宅へ離されてしまい、ことを知ったのが昼過ぎであったというのもございますが、今少し詳細を確認してからと思い、控えておりました」

あわてて治田が言いわけした。

「で、なにかわかったのか」

林出羽守が質問した。

「分銅屋の被害は微々たるものであったそうでございまする」

「微々たるもの……能登守どのの言われた内済と合わぬぞ」

表沙汰にできないからこそ、内済なのだ。被害が大してないのならば、隠す意味はなかった。

「店の内蔵ではなく、外蔵だけが荒らされたとかで、持っていかれたのもさして価値のあるものではなかったと報告して参りました」

「みょうだな」

疑問を林出羽守が持った。

「詳しくは今夜わかるはずでございまする」

「くのいちを抱くか、分銅屋が」

「はい。閨《ねや》の後の睦言《むつごと》で、うまく聞き出すように申しつけてございまする」

治田が言った。

「男は女に弱い。とくに妾にはな。わかった。詳細がわかり次第報告をいたせ」

「承知いたしておりまする」

深く治田が平伏した。

「これを」

林出羽守が、残りの十五両を治田へ与えた。

「遠慮なくちょうだいつかまつりまする」

治田が押し頂いた。

「禄を増やしてやるなどの表だっての援助ができぬ。お庭番の目をひくことになるからな。しかし、いずれ上様が存分に政を差配されるようになれば、きっと引きあげてくれる。はげめ」

「よしなにお願いいたしまする」

消えるように治田が去った。

「考えることは同じということか」

一人になった林出羽守が呟いた。

四

妾番の仕事は用心棒とは違う。

女のもとへ旦那が来ているときは、側から離れなければならなかった。嬌声《きょうせい》を聞かされるほうも聞かすほうも、あまり気分の良いものではないからである。

「変わった商売だな」

いつものところではなく、新左衛門は、美代の居室からいくつか離れた部屋で寝ずの番をしていた。

　女中の竹は、台所脇の小部屋で寝ている。伊右衛門が来たせいで、遅くまで酒の用意などをさせられていたから、深い眠りに陥っているはずである。

「一応見回っておくか」

　奥で男女が睦み合っていると思えば、すっきりしない感じがする。新左衛門は、夜の鮮烈な空気を求めて、しもた屋の庭へ出た。

　表通りに面している分銅屋と違い、しもた屋は一筋奥になる。辻の幅は狭く、両隣との間は板塀だけしかない。また目立つわけにはいかないのだ。見回るといったところで、庭伝いに歩くしかなかった。

「冷えるな」

　夜気が薄い着流しを通って、染みてきた。指先が固まらないよう、動かしながら新左衛門は、玄関引き戸に耳を付けて外の気配を探った。

　浅草は江戸一の遊郭《ゆうかく》吉原に近い。廓《くるわ》へ向かう者、帰る者で夜半を過ぎても人通りはある。だが、さすがに表通りをはずれたところまでは、入ってこなかった。

「なにもなしか」

勘に障るものがないことを確認して、新左衛門は玄関から離れた。

そのまま庭伝いに歩く。

「……うん」

なにか目の隅をよぎったような気がして、新左衛門は足を止めた。

「…………」

太刀の柄に手をかけ、気配を探る。

「気のせいか」

あらたになにも感じなかった新左衛門は、力を抜いた。

伊右衛門の妾宅、その両隣は小さな民家であった。右隣に仕立物の師匠をしている女が、左隣は大工の棟梁《とうりよう》が家族と弟子で住んでいた。

盗賊はなにも商家だけに入るとは決まっていなかった。

女だけで住んでいる家などは、よく狙われた。もちろん金もだが、身体も目当てにするのだ。

「隣家に異常もなさそうだ」

一瞬、耳を澄まして、新左衛門は息をつき、母屋のなかへ戻った。

「やるな」

新左衛門の消えた後を、屋根の上から見ている目があった。

「隠形《おんぎょう》を見破られるとは」

渋みのある緑のような忍装束を着けた男が独りごちた。

「あれほどの男が妾番を……分銅屋なにを考えている。もし、あの男が昨夜店に詰めていたら、盗賊どもは、逃げ帰るしかなかったろうに」

忍装束の男が嘆息した。

「ここになにかあるのだな。くのいちを送りこむだけのものが」

ふたたび忍装束の男が闇に溶けた。

「ああ、旦那さま」

美代が伊右衛門に抱きついた。

「これ以上は無理だよ。仕事で疲れているんだから」

息も荒く伊右衛門が首を振った。

「五日ぶりでございますよ。なかなかお見えにならないから」

小さく美代がすねた。

「お店にいたときとは違うからね。さすがに毎晩店を空けるわけにもいかないからね」

伊右衛門が美代の背中をなでた。

「大丈夫なのでございますか」

「まあね」

美代の問いに伊右衛門が曖昧《あいまい》な応えをした。

「なにか大切なものでも盗られたのでは」

「ああ。それは大丈夫だったよ。外蔵にはたいしたものは入れてなかったからね。内蔵のことを知っているのは、奉公人だけだから、盗人どもも気づかなかったようだし」

煙管《キセル》に煙草《たばこ》を詰めながら、伊右衛門が述べた。

「なにを盗られたのでございまする。お金で」

さらに美代が訊いた。

「お金は盗られやしないよ。両替屋にとってお金は命だからねえ」

紫煙を吐き出しながら、伊右衛門が言った。

「では、ものを」

「茶道具の安物を五つほど持っていかれただけさ。売り払ったところで、五両にもならないだろうねえ」

小さく伊右衛門が笑った。

「馬鹿な盗人でございますね」

美代が身体をすり寄せた。

「本職じゃなかったみたいだしね」

伊右衛門が漏らした。

「えっ」

「本物の盗人というのはね、前もっていろいろ調べてから入るものだ。金があるかどうかもわからないところに入って、なにもなければ無駄骨どころか、身が危ないだけだろう」

「ああ」

言われた美代が納得した顔をした。

「それでも人を殺すなんて……」

「その話は、してはいけないよ。昨日のことはなかったのだからね。店は盗人に入られてもいないし、ものも盗られていないし、まして人なんか死んでもいないのだからね」

「そこまでして目的のものを盗れない……盗賊をだますなんて、さすがは旦那さま」

甘えかかるように美代が身をすり寄せた。

「ふふふ。商売の基本だよ。相手の思わぬところに手を打つというのはね」

「でも、また来たら」

「何度来ても同じだよ。なにせ、ものは店にはないんだからね」

得意そうに伊右衛門が述べた。

「ねえ。旦那さま」

一瞬鋭い目つきをした美代が、甘い声で手を伸ばした。

「こら、もう無理だと言ったじゃないか。まったく……」

股間に手を伸ばされた伊右衛門が、美代の上にのしかかった。

「ああ、旦那さま」

大きく股《また》を開きながらも、美代の目は冷静に光っていた。

いかに妾番とはいえ、年中無休で詰めているわけではない。美しい女の側にいながらなにもできないのだ。その分、なにかで発散しなければ、さすがに辛い。

五日に一度、半日の休みを新左衛門はもらうことにしていた。

「では、頼むぞ」

「へい。いってらっしゃいまし。店に一度顔をおだしくださいまし」

新左衛門が出るときは、分銅屋から一人手代が交代に来た。

「わかった」

雇われている身分である。分銅屋伊右衛門の言葉には従わねばならない。

「どこまで妾に執着しているのだ」

しもた屋をあとにした新左衛門はあきれた。

歩くほどもなく分銅屋に着いた新左衛門は、表から入った。

「大月さま」

いつものように帳場に伊右衛門が座っていた。

「暮れ六つ（午後六時ごろ）までには戻る」

「暗くなる前にはかならず」

「承知している」

念押しに新左衛門はうなずいた。

「あいつだ」

分銅屋を見張っていた佐竹藩士が、新左衛門に気づいた。

「あとを付けるぞ。他人目《ひとめ》のなくなったところで、一気に仕留める」

新左衛門の顔を知っている八幡が合図した。

「おう」

「わかった」

二人の佐竹藩士が同意した。

浅草門前町は人通りが多い。しかし、一本道をそれると賑《にぎ》わいは遠ざかる。

路地を曲がったところで新左衛門は、背後の気配に気づいた。

「雑踏で気づかなかったか」

新左衛門は後ろを振り向かず、そのままの足取りで進んだ。

「二つ、いや三つだな」

気配の数を新左衛門は読んだ。

「仙台藩か。しつこいな」

新左衛門は嘆息した。仙台藩士だった新左衛門は世継ぎの抗争にまきこまれ、藩を脱せざるを得なくなった。そのときの遺恨と新左衛門は考えた。

「長屋まで連れて帰るわけにはいかぬ」

角を曲がらず、新左衛門はまっすぐ大川へ向かった。

「どこへ行くのだ。あやつの長屋は辻を入ったところのはずだ」

八幡が首をひねった。

「河原《かわら》へ降りていくぞ」

「なにをする気だ」

二人の藩士が顔を見合わせた。

「まあいい。河原ならば人気もあるまい。そこで仕留める。急げ、佐野、石原」

「承知」

「よかろう」

小走りになった八幡に、二人の藩士が続いた。

大川の土手で、新左衛門は振り向いた。

「拙者に用か」

「分銅屋の用心棒だな」

八幡が問うた。

「いかにも。なるほど、拙者ではなく、分銅屋の関係か」

新左衛門がほっと息をついた。

いかに籍を離れたとはいえ、かつての同僚と剣を交えるのは、気が重い。

「死んでもらおう」

三人の藩士が太刀を抜いた。

「きさまら、先日の盗賊だな」

仙台藩でなければ、思いあたるのはそれしかなかった。

「死に行く者に、答えは不要」

佐野が、走るようにして間合いを詰めてきた。

「来い……」

合わせるように新左衛門も太刀を抜き、前へ出た。

「おうりゃあ」

間合いが三間（約五・四メートル）となったところで、佐野が太刀を振りあげた。

「……………」

無言で新左衛門は腰を落とし、低い姿勢から太刀を水平に薙いだ。

「あぎゃああ」

走っていると臑《すね》が最初に前へ出る。新左衛門の一撃は、佐野の臑を裂いた。肉の薄い臑は人体の急所である。苦鳴《くめい》をあげて佐野が転がった。

「ちっ。先走りおって。真剣を抜いたことのない者は使えぬ」

舌打ちした八幡が、石原へ顔を向けた。

「挟み撃ちにするぞ。回りこめ」

「任せろ」

同僚が斬られたとはいえ、死んではいない。一度実戦を経験した二人は、落ち着いていた。

迂回《うかい》するため石原が河原へと降りた。

「おっと。行かせぬ」

合わせて動こうとした新左衛門を八幡が牽制《けんせい》した。

「くっ」

河原へ降りるには、八幡に背中を晒《さら》さなければならなくなる。それをさせないだけの迫力が八幡にはあった。新左衛門は足を止めた。

「新内どのを殺したのは、きさまか」

新左衛門は八幡を睨んだ。

「……答えぬと申したはずだ」

八幡が、冷たい声を返した。

「仇討《あだう》ちをするほど親しい仲ではなかったが、用心棒の無念は、同じ用心棒が晴らしてやりたいと思う」

すっと新左衛門が太刀を下段に降ろした。

「ついでに、仕事先の危険は少しでも刈っておかねばな」

新左衛門が前に出た。

二人の間は三間である。どちらかが近づいただけで一足一刀、必死の間合いになった。

「くるか」

上段へと八幡が構えを変えた。

「やれ、石原」

八幡が叫んだ。

「…………」

無言で、新左衛門は八幡に斬りかかった。

「くうっ」

すくうように撃たれた下段の太刀を、大きく下がって八幡が避けた。

「土手を下がれば、上がらねばならぬ。どのくらいときがかかるかくらい、見ずともわかるわ」

注意を背後に向けさせようと、嘘をついた八幡を新左衛門は侮蔑の目で見た。

「こやつ……」

八幡の顔に怒気が浮かんだ。

「死ね」

一気に八幡が間合いを詰めてきた。

「ぬん」

下段から斬りあげた太刀をそのままにしていた新左衛門は、合わせるように落とした。

「おう」

太刀がぶつかって火花が散った。

「下がれば、今度は背中をやられるか」

鍔《つばぜ》迫り合《あ》いをしながら、新左衛門は嘲笑《ちょうしょう》した。

「底が浅いわ」

新左衛門は、石原が後ろへ近づいてきたのを、八幡の目の動きで知っていた。

「石原、こいつを抑えている間にやれ」

「おう」

八幡が太刀に力をこめて押してきた。

鍔迫り合いは間合いのない真剣勝負である。力比べで負ければ待っているのは、避けようのない死なのだ。

「なんの」

　ぐっと新左衛門も押し返した。

　鍔迫り合いを制するには二つの方法があった。

　一つは、力押しに押して勝つことであり、もう一つは押してくる相手の力をうまくいなして、体勢を崩させる方法であった。

「八幡氏、しばし耐えられよ」

　新左衛門の背後で石原が言った。

「おうよ」

　八幡がうなずいた。

「おうりゃあ」

　石原が気合いを出した。

　新左衛門はそれを待っていた。逃がすまいと力を入れてくる八幡の太刀に添わせていた刀身を傾けた。

「えっ」

　八幡が呆然《ぼうぜん》とした。

拮抗《きっこう》している力を崩すなど、己から刃《やいば》の下に身体を投げ出すに等しい。

嫌な音を立てて八幡の太刀が滑った。その刃先で右手を少し斬られたが、新左衛門は気にしなかった。新左衛門は、左足のかかとを軸に、身体を回した。

「なにをっ」

力の行き先をずらされて八幡の対応が遅れた。

「せいっ」

半身になったところで、新左衛門は八幡の背中を右足で蹴った。

「うわっ」

重心の傾きかけていた八幡がよろけ、突っこんでくる石原の前へ出た。

「わあああ」

石原が叫んだが、すでに振られていた太刀は止められなかった。

「ぎゃっ」

八幡の首へ石原の太刀が食いこんだ。

「うわっ、すまぬ」

あわてて石原が太刀を抜いた。それがかえってよくなかった。八幡の首から血が噴きあがった。

「あわ、あわ」

同僚を斬った石原が恐慌に陥った。

「真剣を抜いた以上、己が死ぬ覚悟もしなければならぬ」

新左衛門は、太刀を石原へ向けた。

「こいつ。おまえが逃げたから……」

石原の目がつりあがった。

「…………」

静かに新左衛門は、太刀を青眼《せいがん》に構えた。

「おまえがあああああ」

石原が怒鳴るように言った。

「仲間を失う辛さを知ったであろう。人を斬るというのは、その哀《かな》しみの業《ごう》を生涯背負うことぞ」

新左衛門も同僚だった仙台藩士を斬った。刃が人の身体に食いこむ手触り、骨を断つときに響く音は、新左衛門の脳裏に焼き付いている。

「おまえたちは、盗賊として分銅屋を襲い、新内どのを殺した。そのとき、覚悟はしていたか。死ぬまで悪夢を見続けることになると」

「黙れえええええ」

大きく太刀を投げつけるように石原が斬りかかってきた。

「えいっ」

左へ一歩踏み出してかわしながら、新左衛門は太刀を小さく跳ねた。

「ひくっ」

首の血脈を断たれて石原が倒れた。甕《かめ》の底を抜いたように血があふれたが、すぐに弱くなった。

「残りの一人は」

最初に臑を割った佐野を新左衛門は捜した。

「うっ」

佐野が脇差で己の腹を突いた。

「帰る場所はないか」

新左衛門は三人が浪人ではないと覚《さと》っていた。藩から命じられた任を失敗した者に居場所はなくなる。刺客や盗賊のまねならばよりむごい。藩邸へ帰ったところで、言い含められて詰め腹切らされるか、端《はな》から関係のない者として見捨てられるかなのだ。

新左衛門は佐野の自害を止めなかった。

「いつも命を捨てるのは、下の仕事だな」

軽く一礼して、新左衛門は踵を返した。

帰ってこない三人に、藤田は事情を察した。

「返り討ちにあったか」

「いかがいたしまするか。わたくしが出ても」

伊田が言った。

「だめだ。これ以上の犠牲は、問題となる」

江戸家老として佐竹藩で重きを置いているとはいえ、藤田の家老としての順位は低い。国にいる城代家老、筆頭家老は、江戸で金を遣って恣《ほしいまま》にしている藤田のことを快く思ってはいない。これ以上国元の藩士を呼び出すのは、己の失策を報せるようなものであった。

「ご拝領ものの場所が確定できるまで、動くな。儂が行って調べてくるゆえ」

藤田が釘を刺した。

第四章　大名貸し

一

「山城屋、雇い止めになったぞ」

暖簾を頭で押し上げながら、山形が入ってきた。

「おや、どういうことで」

昼兵衛は怪訝な顔をした。

「妾宅が襲われたであろう。あれに雇い主が驚いてしまってな。妾ごとお役ご免になったというわけだ」

山形が語った。

「引き金はどうなりました」

「このとおり、正規の日当に五両足してくれたわ」

板の間に山形が小判を並べた。

「なかなか話のわかったおかたでございましたな。用心金はどうしましょう」

「いつもどおり半分で頼む」

山形が答えた。

用心金とは日雇いの者が、病気や怪我などで働けないときのために貯めておくものである。仕事柄、家を留守にすることの多い用心棒などは、口入れ屋にその分を預けることが多かった。

手を伸ばして昼兵衛が三両取り、二分金をおつりに置いた。

「お次の仕事をお願いしてよろしいか」

「しばらくは要らぬ。妾番は日当は良いが、女を口説《くど》けぬ。ちょっと吉原に籠もって、女の匂《にお》いを嗅《か》いでくる」

山形が首を振った。

「妾番の依頼がいくつか来ておるのでございますがね」

惜しそうに昼兵衛が帳面を繰った。

「駄目だな。今は辛抱《しんぼう》できぬ。番犬が泥棒猫になりかねん」

無理を言うなと山形が拒んだ。

「しかたありませんね」

ようやく昼兵衛はあきらめた。

「山形さま。少しお話を聞かせていただいてよろしゅうございましょうか」

昼兵衛が許可を求めた。

「なんだ」

「伊丹屋さんの様子はいかがでございました」

「そうよなあ。みょうにあわてていたかな」

思い出すように山形が言った。

「ほう」

「拙者と妾にお役ご免を言い渡すとその場で金をくれた。妾がすがっていたが、けんもほろろの扱いだったな」

「それまでは」

「掌中の玉といった感じだったな。二十歳も歳の離れた妾だ。それこそ舐《な》めるような可愛《かわい》がりようだったぞ。実際舐めただろうしな」

　山形が笑った。

「それが急変した」

　冗談にも頬を緩めず、昼兵衛が真剣な表情をした。

「他になにか気になることなどは」

「と言われてもなあ」

　さらに問う昼兵衛へ、山形が首をかしげた。

「そういえば、別れ話と雇い止めの話だというのに、店の手代たちが五人も来ていたな」

「五人も」

　昼兵衛は驚いた。

　普通妾との別れ話は、世慣れた番頭の仕事と決まっていた。旦那本人は来ないで、番頭が金を渡して終わらせた。これは妾も奉公人扱いだからであった。

「金を受け取ったとたん、追い出された。拙者はまだいいが、女はかわいそうであったな。何事においても女の身支度には手間のかかるものだというに。伊丹屋は女慣れしてないのか」

　山形があきれた。

「そんなことはないはずでございますよ。今までに何人か、わたくしのところからもお雇いいただきましたから」

　妾を囲う男には大きく分けて二種類あった。

　一つは、気に入った女を妻にできなかった場合である。すでに己が妻帯しているか、あるいは相手の女の身柄に問題があり妻にできないなどだ。

　もう一つは、たんに性欲の発散として女を求めている場合であった。これは、遊郭へ通うより外聞が良いというだけのために、妾を求める。当然、女に飽きれば捨てて、新しい妾を欲しがった。

　伊丹屋は、後者であった。

「ありがとうございました。では、山形さま、お仕事を再開されるおりは、是非、わたくしのところへ、お報せくださいませ」

「わかっている」

　手をあげて山形が帰って行った。

「どうもひっかかるな」

一人になった昼兵衛が、腕を組んだ。

「あいにく今の伊丹屋さんの妾は、うちの斡旋じゃないからねえ。女から事情は訊けないねえ」

昼兵衛は嘆息した。

「大月さまのところも気になるし」

難しい顔を昼兵衛がした。


秋田藩佐竹家の家老藤田が、分銅屋伊右衛門を訪れていた。

「いかがなされました、藤田さま」

応対に出た伊右衛門が問うた。

「先日、おぬしの店に盗賊が入ったと聞いた」

藤田が述べた。

「はて、そのようなことはございませぬが」

伊右衛門がとぼけた。

「隠すな、分銅屋」

厳しい声で藤田が言った。

「と言われましても……」

困惑した顔を伊右衛門が浮かべた。

「我らも馬鹿ではないのだ。大切な品物を預けた店に何かあったかていどは知る手立てを持っておる」

「………」

伊右衛門が眉をひそめた。

「出入りでございますか」

小さな声で伊右衛門が確認を求めた。

出入りは商家だけでなく、大名もやっていた。なにせ、国元から江戸へ出てきたばかりの藩士は、そのあまりの差に戸惑い、多くの失敗をする。国元では一杯十文もしない飯が、江戸ではその倍以上するのだ。田舎者だと思って侮るのかと、煮売り屋で刀を抜いて暴れるなど、珍しくなかった。そのようなとき藩の名前が出ないように、どこの大名でも町奉行所に伝手を持っていた。

「まあ、そういうところだな」

明確に肯定はしないが、藤田は否定もしなかった。

「まったく、昨今の町方のお役人さまの質も落ちました」

伊右衛門が嘆息した。

「で、どうであったのだ」

「いくつかの品物を奪われましてございまする」

しかたないと伊右衛門が答えた。

「それは大変であったな。まさかと思うが我が家の預けたものは、大事なかったであろうな」

藤田が問うた。

「お預かりした品物も奪われたと」

「なにっ」

思わず藤田が驚愕の声をあげた。

「申しあげればどうなさるかなと思いまして。盗まれた品物の詳細まではご存じではございませせなんだか」

飄々《ひょうひょう》と伊右衛門が告げた。

「分銅屋、言っていい冗談ではないぞ」

藤田が眉をしかめた。

「失礼をいたしました。お許しをたまわりますよう」

頭を下げて伊右衛門が詫びた。

「このたびは許す。盗賊に襲われたとなれば、動揺して当たり前である」

寛容な姿勢を藤田が見せた。

「ところで、分銅屋、まことに預けた品物は大事ないのであろうな」

「はい。盗賊どもは、まったくなんの価値もないがらくたを持って行っただけでございましたので」

伊右衛門が答えた。

「それは不幸中の幸いであったの」

「はい」

「しかし、盗賊がそのていどでだまされてくれたのか」

「わたくしどもの店には、いくつもの隠し蔵がございまして」

「隠し蔵が……」

藤田の目が細くなった。

「どこにあるのだ」

「それはさすがに申しあげられませぬ。お教えしては隠し蔵の意味がなくなります
る」

問われた伊右衛門が拒んだ。

「それもそうだな。どうだ、分銅屋。藩から警固の侍を出してやろう」

質問を拒まれた藤田が提案した。

「お心遣いかたじけなく存じまする。しかし、佐竹さまのご家中が、用心棒のようなまねをなさるのは、外聞にもかかわりましょう。お心だけちょうだいいたしておきまする」

ふたたび伊右衛門が断った。

「それにお預かりした品物は、店にあるとは限りませぬので」

「どういうことだ。まさか、ご拝領の品を他人に渡したのではないだろうな」

藤田が迫った。

「もちろんでございまする。お品は、わたくしが管理いたしておりまする」

伊右衛門が胸を張った。

「お疑いでございましたら、今すぐにお品を持って参りましょう。ただし、お貸ししたお金もお返しいただきまするが」

「うっ……」

言い返された藤田が、詰まった。

「わかった。今回のことはよいが、あれは藩でもっともたいせつなものだ。今後そのようなことがないように注意いたせ」

「はい」

「それと我が藩の警固を断ったのだ。十分に備えがあるということであろう。万一、拝領の品が奪われる、あるいは傷つけられたりしたときの責はしっかりと取ってもらうぞ」

藤田が念を押した。

「承知いたしておりまする」

「邪魔をした」

「お構いもいたしませず」

出て行く藤田を伊右衛門が見送った。

「やはり佐竹か」

居室へ戻った伊右衛門が苦い顔をした。町方の出入りは、金の嵩《たか》で忠誠が決まる。外様大名などより、豪商を優先するのだ。内済の話を町方が、藤田へ報せるはずはなかった。もし、そのようなことをしたとわかれば、江戸の豪商すべてが、町奉行所から手を引くことになりかねない。

「まさに品物を預かったすぐに、侍の盗賊。どう考えてもおかしいと思っていたが。武士の誇りなど地に落ちたな」

伊右衛門が吐き捨てた。

「あの分では、もう一度来るつもりであろう」

藤田が様子を見に来たことくらい、伊右衛門は見抜いていた。

「今度は先日以上の規模で来るだろう。そして家捜しも厭《いと》うまい」

伊右衛門が苦い顔をした。

「浅草の親分の下っ引きでは勝負になるまい。やむを得ぬな。用心棒の数を増やすか。金のかかることだ」

用心棒にも格がある。腕の立つ用心棒は、一日の日当だけで一分ほどかかる。月にしておよそ七両二分にもなる。

「一度痛い思いをしてもらわないと。貸し金がある間、ずっと狙われつづけるというのもかなわぬでな」

思案を終えた伊右衛門が、用心棒の手配に立ちあがった。


屋敷へ帰った藤田は、伊田を呼び出した。

「国元ではなく江戸より人を選べ」

「はい。あらたに五人ほど呼び出してよろしゅうございますか」

伊田が答えた。

「合わせて八人か。たりるのか」

「ご家老。それはおまちがいでござる」

懸念に伊田が首を振った。

「何が違うのだ」

　発言の真意を藤田が問うた。

「大店とはいえ、分銅屋の間口は三間（約五・四メートル）、奥行きが十二間（約二十一・六メートル）しかござらぬ。そのようなところへ、十人も二十人も送りこんでは、身動きが取れませぬ」

「……ふむ」

　伊田の言葉に藤田はうなった。

「だが、先ほど分銅屋で確認してきたところ、隠し蔵がいくつかあるそうだ。それを探す手間もあるぞ」

「隠し蔵でございますか……」

　後ろにいた斎藤が繰り返した。

「隠し蔵といえば、縁の下か、戸棚に偽装してあるか、あるいは部屋ごと見つからないようにしてあるかでございまするが」

　勘定方の斎藤は、商家の内情にも詳しかった。

「天井裏はないのか」

「蔵は火事に耐えねばなりませぬ。どうしても分厚い漆喰の壁が要りまする。そうなれば、重くなり、天井が抜けてしまいまする」

「道理じゃな」

藤田が納得した。

「しかし、隠し蔵とは面倒な」

説明した斎藤が嘆息した。

「探し出すだけでときを喰い、見つけたところで、そこにご拝領ものがあるとはかぎらない」

「場所だけでも確定せねばならぬか」

「はい」

斎藤が首肯した。

「腹を据えてかかるしかないな。あわてず、ときをかけるつもりでいかねばなるまい。そなたたちも探索を続けよ。ただし、焦っての手出しはするな」

「承知いたしました」

伊田と斎藤がうなずいた。

二

藤田たちが藩邸で遠い準備をおこなっているとき、両国《りょうごく》の土佐屋《とさや》に盗賊が侵入した。

廻船《かいせん》問屋を営んでいる土佐屋はその名のとおり、土佐藩山内《やまのうち》家とのかかわりが深く、御用商人を務めていた。土佐藩が国元と江戸の間をやりとりする荷物のほとんどを取り扱う代わりに、土佐屋は大きな金を貸していた。

その土佐屋が、寝静まっている間に、蔵を開けられ、ものを盗まれた。鍵を壊した跡もなく、土佐屋が被害に気づいたのは、翌日の昼過ぎという有様であった。

「ご拝領ものがないだと」

番頭から聞かされた土佐屋世兵衛《よへえ》の顔色がなくなった。

「はい」

震えながら番頭が報告した。

「さきほど、他の品物を取るため、蔵へ入りましたところ、山内さまよりお預かりの掛け軸がなくなっておりました」

「蔵の鍵は壊されていなかったのか」

「まったくそのままでございました」

「鍵は、儂がずっと持っておった……そんな馬鹿なことがあるか」

世兵衛が呆然とした。

「すぐに町奉行所へお報せをいたしませぬと」

「そうじゃ。まずは、親分に来て貰いなさい」

番頭へ世兵衛が指示した。

「なにかございやしたか」

両国を縄張りとする岡っ引きが、すぐに顔を出した。

「親分、よく来て下さった。じつは……」

「盗賊が。そいつはいけやせん。ちょいと見せていただけやすか」

岡っ引きが蔵を中心に、店のなかを見て回った。

「みょうでやすねえ」

戻ってきた岡っ引きが首をかしげた。

「まったく人が入りこんだ形跡がございやせん。蔵の鍵にしても、なにかを無理に差しこんだような傷も見当たりやせん」

小さく岡っ引きが首を振った。

「土佐屋の旦那のお言葉じゃなきゃ、疑ってやすね」

「それほどみごとなのかい」

世兵衛が、目をむいた。

「あっしが今まで見たどの盗人でも足下にさえ及びませんね」

「親分、お奉行所にお届けして、信じてもらえるかい」

不安そうな顔で世兵衛が訊いた。

「それは大丈夫だと思いやす。町方の旦那は、匂いに敏感でござんすから。借金取りから逃げるために、泥棒に入られたとか騒ぎ立てる輩がおりやすが、そんなのはすぐに見破られやすから。ですがよろしいので。世間に知られやすが」

岡っ引きが確認した。

「ああ。盗られたのは、こちらの失敗なのだ。責任を逃れるわけにはいかぬ。同じ品物を用意するわけにはいかないが、弁済すればいい。それよりもこのようなことが二度とないように、賊を捕まえてもらわねばなりませぬでな」

はっきりと世兵衛が言った。

「結構なお覚悟で。では、町方の旦那には、目立たぬようにとお願いいたしておきやする」

頭を下げて岡っ引きが、去っていった。

「番頭さん、出かける用意をね」

世兵衛が命じた。

「どちらへ。町方の旦那をお待ちしなくてよろしいので」

番頭が質問した。

「町方の旦那よりも優先しなきゃいけないお相手だからね。山内の殿さまのもとへお詫びにあがらなければいけないだろう」

着替えをしながら世兵衛が言った。

土佐藩山内家二十四万石は外様である。もともと織田《おだ》家の家臣であった藩祖山内一豊《かずとよ》が、関ヶ原の合戦で徳川家康へしたがったことで土佐一国を与えられた。

山と海に挟まれ、耕地が少なく、また江戸への参勤が遠いというのもあって、藩の財政は厳しい。早くから一領具足という半農半士制度を取り入れたりしていたが、借財はとうに返せる限度をこえていた。

「お忙しいところ、無理を申しました」

急な面会に応じてくれた山内家用人池部《いけべ》要蔵《ようぞう》へ世兵衛が礼を述べた。

「いや、気にするな。で、どうした」

池部が用件を促した。

「お詫びをいたさねばならぬことができてしまいまして」

「……詫びだと」

「昨夜、わたくしどもの店へ……」

怪訝な顔をした池部へ、世兵衛が語った。

「……それは」

池部が絶句した。

「いかようにもさせていただきますので」

「ものがものだぞ。あれは、神君家康さまから藩祖一豊公が直接賜《たまわ》ったものである。

代わりになるようなものなどあるはずもない」

「承知いたしております る」

世兵衛が頭を下げた。

「土佐屋、盗賊は当家の宝だけを持って行ったのか」

「はい。他のものにはいっさい手をつけておりませぬ」

問われて世兵衛が答えた。

「おかしな盗賊よな。土佐屋の蔵には他にもいくつか値打ちのあるものがあろう」

「はい。値数百両の茶碗や、掛け軸などがございまする。金も二百両ほど金箱に入っておりました」

「それらにはまったく手が付けられていなかったのか」

「確認いたしましたかぎりでは」

確認する池部へ世兵衛はうなずいて見せた。

「町方へは」

「すでに」

「なんと浅慮なことを」

ふたたび池部が驚愕した。

「それでは、我が山内家がご拝領品を形に、金を借りていたと世間に知られるではないか。いや、世間はいい、幕府に知られればどのようなお咎めが来るか」

池部が震えた。

「なればこそ、町奉行さまへお報せいたしましたので」

対して世兵衛は落ち着いていた。

「どういうことだ」

「池部さまは、最近、ご城下で豪商たちの店が盗賊に襲われているとの噂をご存じではございませんか」

「金を持っている商人が、盗賊に狙われるのは当然の話。別段、おかしくはなかろう」

世兵衛の質問に、池部は首を振った。

「それがどうやら、奪われたもののなかには、かならずご拝領ものが入っているとか」

「……まことか」

「奪われた店はどこことも内済にしておりますれば、確《し》かとは申せませぬが。意外と噂はたしかなものでございまして」

「土佐屋が言うのならば、噂だと笑えぬな」

池部が表情を引き締めた。

「そして、今回わたくしの店がやられました。しかも、お預かりしたご拝領ものだけを盗っていくというありさま」

「みょうよな」

「どこのお店も同じでございましょうが、少なくともわたくしどもでは、ご当家さまより、ご拝領の品をお預かりしたと誰にも知らせておりませぬ。知っておるのは、店でも番頭以上だけ。もちろん、皆、丁稚からたたき上げてきた者ばかりで、信用できまする」

「我が藩から漏れたと申すか」

心外だと池部が怒った。

「いいえ。そのようなこと思ってもおりませぬ」

否定して世兵衛が続けた。

「どこから漏れたかは、おいて考えてくださいませ。知られるはずのないご拝領もののの場所が知られ、それが消えていく。そのようなまね、そこいらの盗賊ごときにできるものではございませぬ」

「うむ」

池部も同意した。

「なにかしら裏にあるのではないかと。たとえば、ご拝領ものを盾に、お大名方をゆする」

「藩をゆするだと」

「はい」

「考えられぬことではないな。ご拝領ものを質にとられれば、大概の大名は従わざるをえない。とくに外様は」

額にしわを寄せて池部が、うなった。

「ゆえに、わざと表沙汰にいたしまする」

「重ねて言うが、当家に傷が付くようなまねは許さぬぞ」

池部が厳しい声で命じた。

「承知しておりまする。わたくしがお借りしていた体《てい》にいたせばよろしいのでございまする。見事なる宝物を拝見させていただく。これは好き者にとって、なによりの楽しみ。わたくしが、山内さまに強《た》ってと願ってお貸しいただき、写しを取らせていただいていたことにいたしまする」

世兵衛が述べた。

「そのようなこと、とおるのか」

「とおりましょう」

あっさりと世兵衛が言った。

「他家の宝を借りてはならぬとのお触れは出ておりませぬ。なにより、宝物の貸し借りはお大名方でもなされましょう」

「それはたしかに」

言われた池部が同意した。

名物の茶器などは、数がしれている。茶会を催すとなれば、亭主役がどれだけ名物をそろえられるかで、その実力がはかられるのだ。

茶を好む大名たちは、争って名の知れた茶器を求めたが、そうそう手に入るものではない。ましてや数万石ていどの小藩では、何百両どころか千両をこえるような名物を買うなど無理である。

となれば、借りるしかない。

茶会を開く大名たちは、親戚、友人、顔見知りなどあらゆる伝手を頼って、茶器を借り集めることになる。

最近はおこなわれていないが、将軍のお成りともなれば、それこそすさまじい。

しかし、それを幕府は規制するどころか、奨励していた。

将軍の機嫌を取ることは、忠義の第一だからだ。

「さいわい、御三家の紀州さまとは親しくさせていただいておりまする」

世兵衛が続けた。

江戸と土佐を船で結ぶとなれば、紀州熊野《くまの》に船待《ふなま》ちの湊《みなと》が要りようとなる。土佐屋は紀州家にも出入りをしていた。八代将軍吉宗を出したことで家格をあげた紀州家は、その実入り以上に見栄を張らねばならず、内情は火の車であり、土佐屋もかなりの金を貸していた。

「紀州さまを招いてのお茶会のためとすれば、御上もお咎めにはなりますまい」

「ううむ」

策を聞かされた池部がうなった。

「店はもつのか」

池部が不安な顔をした。

金はないとはいえ、御三家を動かすのだ。それ相応のものを差し出さないわけにはいかなかった。

「ご安心を。紀州さまにはいくつか貸しがございますので」

笑いながら世兵衛が答えた。

「ご当家さまへのお詫びは、後日あらためてさせていただきまする」

「わかった。話は合わせておく」

大目付や目付などから山内家へ問い合わせがあったときのための打ち合わせだと気づいた池部が了承した。

「お願いをいたしまする」

頭を下げた世兵衛が懐から袱紗包みを出した。

「御用人さまとご家老さまで」

「……いつもすまぬな」

池部が受け取った。

三

町奉行坂部能登守は、土佐屋の一件をすぐに林出羽守忠勝へ報せた。

「ほう。明らかにしてきたか」

林出羽守がほんの少し目を大きくした。

「紀州徳川さまご接待の茶会のために、土佐藩より神君家康さまのご真筆を借りていたそうで」

「なるほどな。見事な言いわけじゃ」

小さく林出羽守が笑った。

「いかがいたしましょう。土佐屋を捕まえまするか」

「盗賊に入られた家の主をか」

坂部能登守の言葉に、林出羽守があきれた。

「なんの罪でとは問わぬが、庶民の反発を喰らうぞ」

「庶民どもの反発など……」

たいしたことではないと言いかけた坂部能登守が詰まった。

「失望させてくれるなと前にも申したはずだが」

林出羽守の雰囲気が氷のように変わった。

「………」

坂部能登守が沈黙した。

「江戸の庶民を管轄するのが町奉行である。庶民どもの扱いがうまくなければ務まらぬ。もう一度遠国で学びなおすか」

「いいえ」

あわてて坂部能登守が首を振った。

大坂町奉行から栄転してきたばかりなのだ。しかも三奉行の一人として政にも参加できる町奉行である。それからはずされて遠国奉行では、あからさまな左遷である。恥ずかしくて親戚や知人の前に顔を出せなくなる。

「土佐屋を捕まえたいのならば、その前に盗賊を捕らえてみせよ」

「申しわけございませぬ」

坂部能登守が頭を下げた。

この度のご拝領品騒動に、林出羽守が嚙《か》んでいることは坂部能登守も知っていた。

「では、このまま探索を」

「うむ。それでよい」

下がっていいと林出羽守が、目で合図した。

「もう少し遣いものになるかと思ったが……」

一人になった林出羽守が嘆息した。

「どれもこれも己の立身ばかりに気を取られおって。上様のお役に立つことこそ、旗本の喜びという根本を忘れておる」

林出羽守が、苦い顔をした。

「替えの人物を捜さねばならぬな。しかし……」

坂部能登守のことを頭から振り払った林出羽守が、目を光らせた。

「土佐は開き直りおったか。これでは使えぬではないか。せっかく取りあげたと言うに。うかつなまねをすれば、思わぬしっぺ返しが来そうだ。土佐はあきらめるとするか。相手は他にもある。ただ、土佐の対応が知れ渡る前にすまさねばならぬ。伊賀者《いがもの》を急《せ》かすか」

十一代将軍家斉のもとへ戻るべく、林出羽守が立ちあがった。

「ほう。おもしろいな」

林出羽守から顚末《てんまつ》を聞いた家斉が興味を示した。

「紀州の接待か」

「嘘でございましょう」

「偽りだと申すか」

家斉が寵臣の顔を見た。

「はい。まちがいなく土佐藩は、ご拝領ものを形にして、土佐屋から金を借りておりまする」

「神君さまのご真筆が、質草か」

愉快そうに家斉が笑った。

「よく金を貸すな。神君のご真筆といったところで、ただの紙切れではないか。質草にして取りあげたところで、売ることもできぬ。売れぬ商品になんの価値があろう。まだ、金のほうがましじゃ。金は貸せば利子が付く。神君のご真筆は、何年もっていても、一文の利益も出さぬ。金が命の商人とは思えぬ行為じゃ」

日頃することのない将軍は、退屈である。いや、忙しくさせてはいけないのだ。

将軍親政をうたった五代将軍綱吉は、生類憐《しょうるいあわ》れみの令という悪法を作り、国中を混乱させた。同じく八代将軍吉宗は享保《きょうほう》の改革などと称して、倹約を徹底させ、さらに諸大名へ上米《あげまい》をさせた。生類憐れみの令は人よりも、犬が上にあると見せつけることで、四民の頂点であった武士の価値を下げた。上米令は、諸大名の参勤交代の期間を短くする代わりに、幕府へ米を納めさせたが、これは幕府の財政が破綻《はたん》し、もう天下を維持するだけの力がないと知らしめた。

将軍に政をさせると、幕府の根本が揺らぐのだ。

幕閣が将軍から政を取りあげたのは当然である。将軍はなにもしないのが、なによりであり、優秀な老中たちの言葉にうなずいていれば、名君と呼ばれた。

することがないとはいえ、決められた刻限までは、お休息の間におらねばならない。暇だから、妾を抱いてくるとはいかないのだ。

となれば、どうやって暇を潰すか。将軍の一日は、そのことに費やされていると言っても過言ではなかった。

囲碁将棋で名人と褒め称《たた》えられた将軍もいた。絵筆を持てば玄人《くろうと》はだしと賞された将軍もいた。なにもせず、一日座っているだけの将軍もいた。そして十一代将軍家斉は、噂好きであった。

将軍の周囲にはたえず人がいた。お休息の間を警固する小姓番、身のまわりの雑用をこなす小納戸などである。

家斉は、小姓番や小納戸から市井《しせい》の話を聞くのをなによりも好んだ。

「どこどこの寺院で、二百年ぶりに秘仏公開があるそうでございまする」

こう小姓が言えば、

「行って見てきて、どのような仏像なのか教えよ」

と実際に行かせてみたりする。

その報告を聞いて、家斉が喜ぶのだ。

将軍が好むとなれば、家臣は応えなければならない。とくに将軍の機嫌を取るのが仕事の小姓などは、珍しい話を手に入れようとする。将軍に気に入られれば、あとの出世は決まったも同然なのだ。さすがに五代将軍綱吉の寵臣柳沢吉保《やなぎさわよしやす》ほどの出世は難しいにしても、田沼主殿頭意次など、小納戸や小姓から大名まで引きあげられた者がいるのだ。非番の日ごとに、町歩きをして、新しい話を仕入れるのが、小姓や小納戸の日常となっていた。

　そして話でもっともおもしろいのは、事件であり、女であり、金であった。

「ほう、吉原とはそういうところなのか。女がたくさんおるというのであれば、大奥と同じだが……吉原の女は、男の袖を引くのか。大奥の女どもは、なにもせぬぞ」

　吉原で遊女を買った小姓の話を聞いた家斉が首をかしげたり、

「米の相場があがったのか。庶民は難儀しているのだろうなあ」

　札差の米買い取りの説明で感心したりする。

　家斉は、意外と城下の話に通じていた。

「さて、土佐はどう動くかの」

　ご拝領ものを盗られたとなれば、形だけでも大目付へ報告せねばならなかった。

「知らぬ顔はできますすまい」

　林出羽守が述べた。

「紀州まで巻きこんでしまったからの。素直に届けるしかない」

表情を家斉が引き締めた。

「上様はどうなされまする」

「大目付から上申があればばか」

「はい」

質問の内容を確認する家斉へ、林出羽守がうなずいた。

「そうよなあ。咎めは与えず、全力でご真筆を捜すように命じる。こんなところじゃな」

家斉が答えた。

「お言葉の通りで結構かと」

林出羽守が平伏した。

「出羽よ」

寵臣を家斉が見つめた。

「躬のためにしてくれていることとは知っておるが、あまり派手にやらぬようにいたせ。聞けば、ご拝領ものを奪われた責を感じて、商家の主が首をくくったというぞ。腹を切らされた勘定方もおる」

「お庭番でございまするか」

苦い顔を林出羽守がした。

「そう嫌な顔をしてやるな。あやつらの任なのだ」

家斉がなだめた。

八代将軍徳川吉宗が、紀州から連れてきた信頼のおける家臣で作られたお庭番には、隠密御用の一つとして、江戸地回り御用というのがあった。

江戸地回り御用とは、その字のとおり、遠国ではなく江戸の城下町でおこっていることを調べ、将軍へ報告するものであり、大名の上屋敷などのことから、町民の生活にいたるまで、いろいろなことが記されてあった。

「別段、城下でなにがあったところで、お庭番が手出しをすることはない」

将軍のもっとも信頼する家臣というお庭番であったが、その身分は低い。お広敷《ひろしき》伊賀者番格でしかなく、同心と同じなのだ。本来なら将軍へお目見えすることはできないが、職責上認められているだけである。

将軍あるいは、代理となったお側御用取次以外の命を受けることはない。

「そなたに預けた伊賀者、無茶な遣いかたをするなよ」

「上様のお血筋を大名へお下しおかれるための準備にございますれば」

林出羽守が顔をあげた。

「御三卿のような家を増やせばよい」

「将来に禍根を残すだけでございまする」

「禍根というか」

言い切った林出羽守へ、家斉が苦笑を浮かべた。

「はい。将軍家のお世継ぎは、そのお血筋でなければなりませぬ」

「しかし、子のできぬ場合もある。できても死ぬ場合もな」

家斉が返した。

歴代の将軍で直系の子に恵まれなかった者は多い。子供のできなかった四代将軍家綱《いえつな》、七代将軍家継、できたけれども後を継ぐ前に死去した五代将軍綱吉、十代将軍家治と四代にも及んでいる。

「そのようなことにならぬよういたすのが、我ら家臣の役目でございまする」

「子は天の授かりものという。人の思うとおりにできぬものぞ」

十一代将軍となった家斉は、御三卿一橋家の出であった。十代将軍家治に嫡子がなかったため、その養子となり後を継いだ。

「いいえ」

林出羽守が否定した。

「できぬならば、できるようにすればよいのでございまする」

「無茶を言う」

「人には相性というものがございまする。男女の仲も同じ。相性の合わない者どうしでは、子をなすのは難しく、合う者であれば容易《たやす》いのは道理」

「相性か。たしかに、躬をはじめとする武家の婚姻は、家と家の相性であり、男女のものではないな」

「はい。その上様と相性の合う者を探し出すのが、我らの役目。そして、お生まれになった和子《わこ》さまを無事にお育てするのも、我らの役目」

胸を張って林出羽守が述べた。

「なまじ将軍家を継げる家格などという御三家や御三卿があればこそ、もめ事は起こりまする」

「白河《しらかわ》」

小さく家斉が呟いた。

「さようでございまする。一つまちがえば、己が将軍になっていたなどと思いあがるゆえ、自儘《じまま》に振る舞い、上様と同格などと錯覚いたすのでございまする」

林出羽守が頬をゆがめた。

白河とはもと老中筆頭松平越中守定信のことだ。御三卿の田安家から白河藩の養子となった。その性質は聡明であり、八代将軍吉宗の再来とまで言われていた。家斉よりも十五歳年長であり、十一代将軍の座にもっとも近かった。ただ、その言動が直截《ちょくせつ》すぎ、田沼主殿頭意次の施策を批判したりしたため、幕閣に嫌われ、将軍を継ぐことのできない家臣の家へと押し出された。

「吉宗さまの孫といったところで、直系でない限り、家臣でしかないのでございまする。これは吉宗さまが家康さまに及ばなかった証拠」

「ほう」

家斉が先を促した。

「家康さまは、本家に血筋なきときをおもんぱかり、御三家をお作りになりました」

「我が曾祖父吉宗さまも、万一に備えて御三卿を作られたのだが」

「大きな違いがございまする」

　はっきりと林出羽守が首を振った。

「まず、御三家は将軍を出せるとはいえ、分家であり、家臣なのでございまする。領地を与えられ、独自の家臣を持ち、参勤交代を命じられておりまする」

「たしかにの」

「対してご三卿は、将軍家お身内衆と呼ばれるように、独立した藩ではございませぬ。領地もなく、家臣団も持たず、参勤交代を含むあらゆる武家諸法度《ぶけしょはっと》からはずされております。つまり家臣ではなく、元服していない家族あつかいなので」

「なるほどな」

　林出羽守が述べた内容に、家斉は納得した。

「御三家は臣下の礼を将軍にとる。御三卿は身内として振る舞う」

「ご明察でございまする」

「家臣が将軍を襲うのは叛逆《はんぎゃく》。しかし、家族が成り代わるのは、単に相続の問題でしかない」

家斉が理解した。

「徳川にとって最大の敵は、薩摩《さつま》でも長州でもございませぬ。同じ上様の血を引いた身内なのでございまする」

「わかった。さすがに今ある御三卿を潰すわけにはいかぬが、これ以上身内衆を作ることはせぬ」

「畏《おそ》れ入りまする」

宣言を聞いた林出羽守が一礼した。

「となれば、吾《わ》が子の行き先が要りようになる。頼んだぞ出羽」

「お任せを」

林出羽守が平伏した。

四

土佐藩より大目付へご拝領もの盗難の顚末が届けられた。

「かならずや探しだし、取り戻すように」

大目付が命じた。

「藩をあげて」

国元にいる藩主に代わって江戸家老が、受けた。

「もう一つ。ご拝領ものの保管に難ありである。よって、発見されたご拝領ものは、幕府へ返納いたせ」

「それは……藩祖一豊が神君家康さまより、直接賜ったものでございまする。当家の由緒にもかかわりますれば、、なにとぞお許しを」

あわてて江戸家老がすがった。

「黙れ。本来ならば、藩を潰されても文句の言えぬ失態であるぞ。それを見逃してもらえただけよいと思え」

冷たく大目付が突き放した。

「万一、探し出して隠し持つようなことがあれば、どうなるか。わかっておるな」

「……はっ」

脅しの前に江戸家老が屈した。

上屋敷へ戻ってきた江戸家老が、池部を呼び出した。

「返せと言われましたか」

「当然のことではあるな」

大きく江戸家老が嘆息した。

「土佐屋を呼び出せ」

江戸家老が池部へ告げた。

「お届けいただきましたそうで」

すぐに世兵衛がやってきた。

「うむ。大目付さまより、きっと探し出せとの厳命を受けた」

「わたくしどもも全力を尽くさせていただきまする」

世兵衛がうなずいた。

「あと、御上より、ご拝領品は、見つかり次第召し上げとの状が出た」

「……申しわけのないことでございました」

反論せず、世兵衛が詫びた。

「山内家最大の宝物を失ったわけだ。弁済してもらわねばならぬ」

江戸家老が述べた。

「承知いたしております。つきましては、あのご拝領品を形にお貸ししたお金をなかったものとさせていただきまする」

　世兵衛が言った。

「それだけか」

「なにを。五千両を棒引きにと申しておるのでございますが」

　耳を疑うとばかりに、世兵衛が再度告げた。

「神君家康さまのご真筆が、そのていどの価値しかないと申すのだな」

　厳しい声で江戸家老が言った。

「値打ちだけでお話ししてよいのならば、精々千両と言うところでございましょう。それを五千両の形としたのは、山内さまとのおつきあいがあればこそ。他の藩であれば、千両であってもお断りしております」

　世兵衛が説得に入った。

「他所《よそ》がどうであろうなどかんけいない。儂は我が藩としての対応を口にしているだけじゃ」

「うっ……」

事情を勘案する気はないと江戸家老が拒否した。

「では、いくらお支払いすればよろしいので」

「過去の借財を全部なかったものとしてもらう」

「……無茶な。全部で二万両をこえておりまする」

言われた世兵衛が愕然《がくぜん》とした。

「二万両ですむと思えば安いものであろう」

江戸家老が世兵衛を見た。

「お断りいたしまする」

世兵衛が拒否した。

「断れる立場だと思っておるのか」

「わたくしは商人でございまする。妥当と思えば、多少の損には目をつぶりまするが、店を潰すほどの損はお引き受けいたしかねまする」

「池部、土佐屋を捕らえよ。あと国元へ使者を出し、国元の土佐屋を差し押さえるように手配いたせ」

「ご家老」

「ご無体《むたい》な」

池部と世兵衛が目を見張った。

「どこがだ。危うく藩が潰れるところであったのだぞ。このくらい安いものであろう」

感情のない声で、江戸家老が話した。

「一万両の帳消し、これ以上はいたしかねまする」

世兵衛が折れた。

「命が惜しくはないのか」

「土佐屋は五代続いた廻船問屋でございまする。江戸でも少しは知られた暖簾となりました。その歴史を潰したとあれば、わたくしは先祖に顔向けできませぬ。商人にとって金は命よりも大切なものでございまする」

背筋を伸ばして世兵衛が語った。

「どうしてもか」

「はい」

首を振って世兵衛が池部を見た。

「池部さま。まさかと思いまするが、お拝領品を盗んだのは……」

「ば、馬鹿を申すな」

睨まれた池部があわてた。

「そのように取られても当然でございましょう」

世兵衛が言い返した。

「ご家老さま。あまりの無理難題は、当藩の名にかかわりましょう」

池部がなかに入った。

「…………」

江戸家老が世兵衛に顔を向けた。

「…………」

世兵衛も目をそらさなかった。

「わかった。一万両の帳消しでよい。ただし、お拝領品の探索にかかる費用は、土佐屋が持て」

首を縦に振りながら、さらに江戸家老が世兵衛へ告げた。

「費用は明細をお出し願いまする」

金を余分にせびられてはたまらないと世兵衛が注文を付けた。

「承知した」

江戸家老が世兵衛へ手を振って下がれと合図した。

「土佐屋」

上屋敷の廊下を歩きながら、池部が声をかけた。

「おそれいりました。山内さまは、ずいぶんと商い上手でいらっしゃる」

皮肉を土佐屋が口にした。

「お拝領品を質草とした醜聞を、補っただけでも十分だと考えておりましたが」

「……………」

池部が黙った。

「いたしかたございませぬ。お預かりした品を奪われたのは、わたくしどもの責任。文句を言うのは筋ちがいでございました」

門のところで、世兵衛が立ち止まった。

「数日中に合わせて一万両の証文を持参いたしまする」

「ああ」

「では、これにて」

一礼して世兵衛が歩き出した。

「池部さま」

数歩離れたところで世兵衛が立ち止まった。

「なんじゃ」

話を聞こうとして、池部が門の外まで出た。

「本日をもちまして、土佐屋は金貸しを廃業させていただきます。どう考えても割が合いませぬので」

淡々とした声で世兵衛が宣した。

「それは……」

池部が息をのんだ。土佐屋は二度と山内家に金を融通しないと言われたのだ。今ある借金が半額になったところで、藩の体制がかわらないかぎり毎年の赤字はなくならなかった。

泰平になり物価があがったにもかかわらず、武家の収入は大名も足軽《あしがる》も幕府成立のころから増えてはいない。収入が同じで支出が増えれば、生活が苦しくなるのは当然である。これが商家ならば、白米を麦飯にするなどで節約し、なんとかやりくりしようとするが、武家は違った。なにせ、来年も同じだけの収入がある。いや、子々孫々まで保証されているのだ。今年たりなければ、来年の分を使えばいい。借金の形に娘が取られるわけでもないのだ、どうしても軽く考えてしまいがちになる。金を借りることの恐ろしさがわかっていないのだ。しかし、武家が将来の返済を形に金を借りなければやっていけないのは、棄捐令が数年前に証明している。土佐屋という金主《きんしゅ》を失った山内家の先が、どれだけ厳しいものになるか、少し勘定のことを知っている者なら、予想できた。

「ご免くださいませ」

言葉をなくした池部を残して、世兵衛が土佐藩邸を離れた。

「一万両ですみましたか」

歩きながら世兵衛が独りごちた。

「まあ、借金全額棒引きを覚悟しておりましたから、予想より安く付きましたが、それでも痛いですな。利子だけで年間一千両の損。少し家内を引き締めなければなりますまい。奉公人も整理せねば。となれば、雪乃《ゆきの》にも暇を取らせねばなりませぬか。まだ三カ月ほどですが、妾は余分な金で囲うもの」

惜しそうに世兵衛が言った。

「二年がほどは辛抱いたさねば」

世兵衛が独りごちた。

五

年増というにはまだ若い女が、山城屋を訪れた。

「入松屋《いりまつや》さんでお世話になっていたと」

「はい。それが昨日、急に暇を出されまして」

女が述べた。

「どのくらい入松屋さんに」

「一年と四カ月になりました」

「そこそこだねえ」

昼兵衛が腕を組んだ。

妾の奉公は長いか短いかのどちらかであった。なにせ、仕事が閨《ねや》ごとなのだ。なんどか身体を合わせてみないと、気に入るか気に入らないかわからないのだ。

抱いてみて気に入らなければ、早急に手を切られ、合えばかなり長く奉公することになる。妾奉公の多くは、一カ月以内、あるいは三年以上となった。もっとも若い女を好む者などは、一年ごとに替えたりもするので、一概には言えなかったが、一年半くらいというのは、珍しかった。

「なにか失敗したかい」

男女の仲になるとはいえ、妾は奉公人である。その分をこえた態度を取れば、主を怒らせることになる。

「いいえ。まったく」

小さく女が首を振った。

「一年四カ月も経《た》っていれば、そのあたりはわかるか」

妾と旦那という関係は、まず身体から始まる。しかし、身体を重ねるうちに心も近づいていくのが、男女の仲であった。

「病ではないね」

「…………」

女がうなずいた。

「まさかと思うけれど……間男なんぞくわえこんじゃいないでしょうな」

すっと昼兵衛が目を細めた。

「とんでもない」

必死の形相で女が否定した。

妾奉公でもっとも許されないのが、旦那以外の男と閨を共にすることである。これればかりはどのような理由があろうとも認められなかった。

間男は重ねて置いて四つにしたところで、罪にはならないとされている。

実際は、つごうの悪くなった妻や妾を始末するために、間男を偽装する悪辣《あくらつ》な手段をとる者がいるので、そう簡単に終わりはしない。とはいえ、事情が明らかになれば、罪を問われなかった。そこまでいかなくとも、慰め料として七両二分を請求できるのだ。

命と金をくらべるのはよくないが、十両盗めば首が飛ぶのだ。七両二分は大金である。それだけ密通は重い。

給金を貰って妾奉公をしている女は、それを重々承知していた。町で見初められて、妾となった女は、知ったことではないが、己の斡旋した妾が、密通したとなれば、妾屋の看板に大きな傷が付く。

それこそ店が潰れるのだ。

「信用するよ。ただし、もし嘘とわかった場合は……」

「……………」

重い昼兵衛の言葉に、女が無言で何度も首を縦に振った。

「では、決まりだ。三カ月の間は、新たな妾奉公を紹介できないから。どうする。実家へ戻るかい。それとも店の二階で待つかい」

昼兵衛が普段の声音《こわね》に戻った。

「二階に置いてください」

女が頼んだ。

妾奉公は、表沙汰にしにくい。生きていくためとはいえ、顔見知りから嫌悪《けんお》の目で見られたり、侮蔑の言葉をかけられたりすることも多い。

一度妾をした女は、まず実家へ帰りたがらなかった。

「先客が三人いるからね。ちゃんと挨拶をしなさい。食事は自前、夜具を使うならば、損料を貰うよ」

「ちょっと出て参りまする。この付近になにか、甘いものを売っているお店は」

「出て左に、富屋《とみや》さんという茶店がある。そこの串団子が安くておいしい。一串五文だけど、五つ買えば一つおまけしてくれる」

先客への気遣いと読んだ昼兵衛が教えた。

「ありがとうございまする」

頭を下げて女が出て行った。

「小梅村《こうめむら》次郎兵衛《じろうべえ》娘、孝《たか》、十九歳。色やや浅黒く、身の丈五尺（約百五十センチメートル）、肉付きよく、胸尻ともに張りあり。声少しのかすれあり」

女のことを帳面に昼兵衛が記した。

「しかし、入松屋さんが、そのような礼を失したまねをされるとは思わないのですがねえ。あの娘を斡旋したのは、わたくしではありませんが……」

筆を止めて、昼兵衛が首をかしげた。

妾屋を通じて女を求める客は、条理をわかっていた。不義理をすれば、しっかりその反動は来る。妾屋は信用のない女を扱わないだけでなく、いい加減な客も相手にしないのだ。

　妾屋が出入りしている店は安心だと金貸しが言うほど信用があった。それを裏切れば、店がたちいかなくなることもある。

「気になるね」

　昼兵衛が立ちあがった。

「ちょっと出てくるよ。今の女が戻ってきたら、二階へ案内してあげておくれ」

　留守の者へ声をかけて、昼兵衛は店を出た。

　浅草門前町へ出た昼兵衛は、雷門とは逆の方向へと進んだ。そのまま寛永寺の門前町へと向かった。

　入松屋は、寛永寺の門前で香などを商っていた。寛永寺御用達の看板をあげ、客も多かった。なにより、徳川家の菩提寺である寛永寺へお香を納めているのが大きい。代々の将軍家の月命日ごとに、諸大名が手向《たむ》けの香を言い値で買ってくれるのだ。店構えはそれほど立派ではないが、内証裕福として知られていた。

　昼兵衛は入松屋には立ち寄らず、寛永寺の末寺の一つを訪れた。

「お参りかな」

　住職が出てきた。

「はい。こちらのご本尊さまが、腰の病に霊験あらたかだと聞きまして」

　昼兵衛が述べた。

「はて、そのようなことは聞いておらぬが」

　まちがいではないかと住職が首をかしげた。

「こちらは英証院《えいしょういん》さまでは」

「ああ、それは違うな。当寺は栄善院《えいぜんいん》じゃ」

　住職が笑った。

「さようでございましたか。それは失礼をいたしました。しかし、袖触れ合うも多生の縁と申しますれば、お参りだけでも」

　すばやく昼兵衛がお布施を差し出した。

「これはご奇特な。あがられるがいい」

　お布施をていねいに受け取った住職が、昼兵衛を本堂へ案内した。

「…………」

深く頭を下げて、昼兵衛は本尊を拝んだ。

「ありがとうございました」

昼兵衛が住職へ御礼を述べた。

「いやいや」

お布施の額に満足した住職が笑みを浮かべていた。

「白湯しかないが、一服なされよ」

住職が白湯を出してくれた。

「遠慮なく」

もともと本尊を拝むのではなく、入松屋の噂を聞くのが目的の昼兵衛にとって、住職の引き留めは願ったりかなったりであった。

「昨今はいかがでございますか」

どうとでも取れる話を昼兵衛が切り出した。

「さしたることもなしというところでござろうか。拝みに来られるお方が減っておるのはたしかなのでございますがな。座って半畳寝て一畳、日に粥の二杯もあれば生きていくには困りませぬ」

住職が述べた。

「さすがでございますな」

感嘆した風で昼兵衛がうなずいた。

「おや、この香りは」

今気づいたとばかりに昼兵衛が鼻を鳴らした。

「ああ、香をあげておりますのでな」

自慢げに住職が胸を張った。

「良い香りでございますな。これはやはり入松屋さんから」

「いやいや。入松屋どのの香は高すぎて、大名家の宿坊でない当寺などでは手が出ませぬよ」

とんでもないと住職が手を振った。

「そんなに値段が……」

「違いますな。当寺で使用しております香と同じものでも、入松屋の手をとおれば倍になりまする」

住職が入松屋を呼び捨てにした。

「そんなに香とは儲かりますか」

「入松屋は、香で儲けた金を大名たちへ貸して、さらに身代《しんだい》を大きくしておりますでな」

　訊かずとも住職が語ってくれた。

「大名貸しを」

「いかにも。先日も立派な駕籠《かご》が店の前に止まっておりましたわ」

「どちらかのお大名で」

「あの紋は、おそらく与板《よいた》藩二万石の井伊《いい》さまでござろうな」

　住職が告げた。

　与板井伊家は譜代大名で最高の三十万石をもつ彦根《ひこね》藩の分家であった。掛川《かけがわ》五万石の城主であったが、当主の乱心で改易された。その後名門を潰すには惜しいと越後《えちご》与板に二万石を与えられたが、大名格扱いとなり、定府《じょうふ》を命じられていた。といっても参勤交代をしないだけで、他は大名とかわることはなかった。また婚姻を結ぶ相手も、血筋の良さから数万石の譜代、十万石をこえる外様と譜代名門の他家と遜色《そんしょく》はなかった。

それだけにつきあいに金がかかる。また、物価の高い江戸でずっと生活しなければならないというのもあり、裕福とは言えなかった。

「香を求めにではなさそうでございますな」

「香ならば、日本橋で十分間に合う話でござるからな」

昼兵衛の確認に住職が答えた。

香を扱う店は、江戸にも多い。日本橋や神田には天下に名の知れた名店があった。

「借金でございますか」

「どこともお苦しいようであるからな。宿坊の主たちもよくぼやいておりますよ。大名方から届くお布施が、半減したと」

住職が告げた。

「しかし、棄捐令があってから大名貸しはなくなったのでは」

旗本への借金で五年以上経っていたものすべてが帳消しになったのだ。だけではない、幕府がそれをやれば、まねる大名も出てくる。いくつかの大名家が、己の藩にだけ有効な棄捐令を出して、より一層混乱に拍車をかけていた。

「そうでもござらぬのだ」

すっと住職が声を潜めた。

「宿坊が大名貸しをしておるのはごぞんじか」

「噂ていどでございますが」

自信のない顔で昼兵衛が首肯した。

寛永寺の宿坊の多くは、各大名の御用を受けている。御用とは、将軍家が寛永寺へ参詣するおりに従う大名たちの休息と着替えの場所を提供することだ。

大名たちは将軍が来る前に宿坊へ入り、そこで着替えて将軍を待つ。面倒なことだが、これも決められた様式であり、屋敷から供をするための衣服で来ることはできなかった。

当然、宿坊との関係は深くなる。

また、寛永寺の宿坊は、庶民たちの金を預かった。といったところで利子を付けることはなく、たんに防犯対策であった。

寛永寺の境内にある宿坊は、独自の僧兵を要しているだけでなく、将軍の廟《びょう》を守るための衛士が幕府より派遣されており、盗賊たちが入る隙はなかった。

その金に大名が目をつけた。

遊んでいる金ならばと大名が宿坊に交渉して、借りた。もちろん、利子は付く。

この金だけは、なにがあっても大名は期日どおりに返済した。金を返さないと、宿坊が大名の着替えなどを拒否するからであった。拒否されれば、将軍の供ができなくなり、それは幕府への不敬として、咎められた。

幕府も将軍家菩提所へ手出しするわけにはいかず、棄捐令が出た後でも、宿坊の借金だけは、維持された。

「宿坊から金を借りるといっても限界がござる」

「でございましょうなあ」

無限に金を貸せるわけはない。

「で、たりなくなったお歴々は、入松屋へ」

「なるほど。普段から香を買い付けているだけに、御用商人と同じような感覚でおられるのでございますな」

「でござろうな」

住職も同意した。

「よく貸しますな。いつまた、棄捐令が出るやも知れませぬのに」

「棄捐令が出ても、返さざるを得ない借金にすればよろしい」

「返さざるを得ない……」

どういう意味かわからないと昼兵衛が首をかしげた。

「形をとればいいのでございますよ」

「……形。ですが、それも棄捐令が出れば返さなければなりますまい。借金がなくなるのでございますから」

「その形が、大切なものであればよいのでございますよ。あの棄捐令は、五年以内の借金までは棒引きにしておりませぬ」

ほほえみながら住職が言った。

「なるほど。流せないほど大切な形をとり、借金の証文を毎年書き換えさせる」

昼兵衛が理解した。

「そうすれば、棄捐令も怖くございますまい」

住職が語った。

「おや、長居をいたしました」

見送られて昼兵衛は、寺を出た。

美代の報告は林出羽守へすぐに伝えられた。

「なんと店の外に隠していたか。なかなかやるな」

林出羽守が感心した。

「取りあげよ」

平伏している治田へ、林出羽守が命じた。

「ただちに」

治田がいつもの配下を四名を連れて、分銅屋の妾宅へと走った。

新左衛門は、美代の所作《しょさ》に疑問を持った。

「みょうに気配が薄い」

旦那である分銅屋伊右衛門が来ているおりは、そうでもないのだが、普段はいるのかいないのかわからないときがあった。

剣術遣いの新左衛門は、人の気配にさとい。なのに近づかれるまで気づかないことがあった。

「少し注意を払わねばならぬか」

新左衛門は、外だけでなく、内へも気を配ることにした。

昨夜伊右衛門が泊まった。連日来ることはない。新左衛門は、戸締まりを確認したあと、与えられた部屋で端座していた。

「うん」

警戒していなければ気づかなかったかも知れなかった。ほんの少しだけ灯明の灯りが揺れた。

「冷気……」

手元に置いていた太刀の柄を新左衛門は摑《つか》んだ。

しずかに立ちあがって、新左衛門は太刀を抜いた。切っ先で障子をこじるようにしてほんの少しだけ開け、目を当てた。

「雨戸が一つ開いている。入られたか」

侵入されてしまえば、出て行かず、守りを固めるべきであった。

新左衛門は、そのまま後ろに下がって、内蔵のある襖を背にした。

「………」

障子の隙間から、目が覗いた。

「どうやら猫ではなさそうだの」

新左衛門は言葉を投げた。

「抗うな。されば命までは取らぬ」

障子を開けて、黒ずくめが五人姿を現した。

「嘘はいかぬな」

あっさりと新左衛門は否定した。

「妾が仲間だと気づいた拙者を、生かしておくはずなかろう」

「……ふっ。まんざら馬鹿ではなかったか」

先頭に立っていた治田が覆面の下で笑った。

「あれだけ様子を探られれば、よほど鈍くないかぎり疑おう。夜中なんどこの部屋の外で息をこらしていたか。女に冷えは大敵だというのにな」

新左衛門も笑った。

「なぜわかった」

「臭いだな。美代は吸わないようだが、伊右衛門どのは煙草喫《の》みだ。伊右衛門どのと交われば、臭いも移ろう。一度はこの内蔵を確認しに来たのだろうな。部屋のなかまで臭いが残っていたぞ。男女の仲になると、わからなくなるようだ」

「参考になった。礼を言う」

頭を下げながら、治田が手を動かした。

「ふん」

飛んできた光を、新左衛門は太刀を小さく振って弾《はじ》きとばした。

「忍《しのび》か」

ちらと畳に刺さった手裏剣《しゆりけん》へ新左衛門は目をやった。

「よいのか。手裏剣の跡など残して」

「散」

治田が手を振った。

後ろにいた忍たちが、いっせいに新左衛門へかかってきた。

「おう」

新左衛門は、しっかり腰を落として待った。

多人数を相手にするときは、あえてそのなかへ突っ込み、相手を混乱させるのも一法であった。しかし、それは屋外のことであり、狭い室内では縦横無尽に動けず、膾斬《なますぎ》りにされてしまう。

室内で多人数を相手にするときは、まず背中を確保し、そのあと冷静にかかってくる敵の動きを観察するのだ。そして、攻撃の遅速を見極め、速い者から対処していく。

新左衛門の居場所は部屋の右奥である。右は壁、背中は襖に守られている。攻め手は前と左から来るしかない。飛び道具を封じた以上、同時に相手をするのは、最大で二人まで絞れた。

「…………」

無言で忍が前から斬りかかってきた。新左衛門は太刀を左手で持つと、右手で脇差を抜き打ちに投げつけた。

「がはっ」

胸を貫かれて一人目の忍が死んだ。

「……はっ」

左から来ていた忍が、刀を薙いできた。薙ぎをかわそうにも、新左衛門の後ろに隙間はない。新左衛門は、左手の太刀の柄で受けた。

「……くっ」

柄に食いこんだ刃を引き抜くという一手間が、忍の隙となった。

「ぬん」

新左衛門は太刀をそのまま突き出した。

「ぐっ」

喉を貫かれた忍が、息を漏らすような悲鳴を残して倒れた。

「収」

感情のこもらない声を治田が出した。

残った二人の忍が倒れた忍の足を摑んで、引き寄せそのまま担ぎあげた。

「引け」

治田が手を振った。

たちまち二人の忍が、障子を蹴倒して外へ出て行った。

「さすがだな」

新左衛門は感嘆の声をあげた。これ以上戦い、犠牲者が増えれば、たとえ新左衛門を倒しても、始末できない死体が残る。死体というのは重く扱いにくい。一人で二人は無理であった。

引きどきをまちがわなかった治田に、新左衛門は感心した。

「二人を殺された恨みは忘れぬ。きさまにもう安寧《あんねい》の日はない」

そう宣して残っていた治田も消えた。

「安寧の日など、とうに失っているわ」

ほっと肩の力を抜いて呟いた新左衛門は、抜き身を手にしたまま奥へと足を進めた。

「やはり消えたか」

美代の寝床はもぬけの殻になっていた。

第五章　妙手悪手

一

失敗を治田は隠さず、すぐに林出羽守へ告げた。

「そうか」

林出羽守は、咎めなかった。

「いい判断であった」

「畏れ入りまする」

治田が平伏した。

「分銅屋はもういい、一つに固執し、こちらのことを知られればかえって面倒になる」

「しかし……」

「失策を取り戻したいのならば、別のところでやれ」

「はっ」

叱られて治田が萎縮《いしゅく》した。

「別命あるまで控えておれ」

「出羽守さま」

治田が下から見上げた。

「なんじゃ」

「仇討ちをいたしたく」

「ならぬ」

冷たく林出羽守が拒んだ。

「我ら伊賀には、戦国の昔から、仲間の命を奪った者を許さぬとの掟《おきて》がございます る。これがあればこそ、伊賀の者は他国で果てようとも無念を残さず……」

「黙れ」

林出羽守が厳しい声をあげた。

「いつの話をしておる。それは伊賀がまだ主を持たず、忍の技を売り歩き生きていたときの話であろう。今のおまえたちは、上様から禄をいただく幕臣である。幕臣は上様のためにだけある。一族であろうが、個であろうが、その思惑だけで動くことは許されぬ」

「上様への忠誠は誓っております。薩摩へ忍べと言われれば参りまする」

最後の最後まで徳川に屈しなかった薩摩島津《しまづ》家は、家斉の御世《みよ》となってもよそ者を拒み続けてきた。国境を厳重に閉め、住人たちもよそ者を排除する。薩摩への隠密は、そのあまりの難しさから、生きては帰れぬとされ、命じられた者は葬儀をすませてから出発した。

「ではございますが、それもこの掟があればこそ。かならずや誰かが骨を拾ってくれると信じておればこそ、命をすてられるのでございまする」

必死に治田が願った。

「ふむ」

話を聞いた林出羽守が、思案した。

「なにとぞ、なにとぞ」

治田がすがった。

「わかった」

「それでは……」

林出羽守の言葉に治田が歓喜の声をあげた。

「ただし、吾《われ》が許すまで手出しをするな」

「……それは」

不満そうに治田が林出羽守を見た。

「幕臣はすべて上様のためにある。そう申したはずだ。ならば、伊賀の掟とやらも上様のために使わねばならぬ」

林出羽守が治田を睨みつけた。

「今、その用心棒を殺せば、手を下したのが、おまえたちだとすぐに気づかれるぞ。それはよろしくない。坂部能登守を使っても人の噂は止まらぬ。掟と任の優先をまちがうな。お庭番に隠密御用を奪われたのは、そこにある」

「………………」

治田が沈黙した。

「かならず、恨みは晴らさせてやる。それまで耐えよ。耐えることこそ忍の本道であろう」

　言い含めるように林出羽守が諭した。

「恨みを置いて、今は考えろ。妾宅から確実にご拝領ものは、移されたはずだ。どこに行ったと思う」

「美代の話からすると、おそらく店の内蔵ではないかと」

　問われて治田が答えた。

「よし。ご苦労であった」

「はっ」

　大人しく治田が下がった。


　翌日、下城の帰途、林出羽守が佐竹藩邸へと立ち寄った。

「お小姓組頭さまだと」

　不意の訪れに上屋敷は大騒ぎになった。

　小姓組頭はさして身分の高い者ではないが、将軍家斉の側にいるだけに、その信頼は厚い。

「あの者はいかがかと」

小姓組頭が言うだけで、左遷、罷免《ひめん》の憂き目に遭う者は少なくなかった。佐竹藩があわてるのも当然であった。

「当家の家老職を務めておりまする藤田でございまする。あいにく主松平右京大夫は国元でございますれば、代わりましてわたくしが、ご用件を承りまする」

藤田が応対に出た。

「小姓組頭林出羽守忠勝である。用件というほどのことではないが、少し話をしたくて、寄らせてもらった」

「お話でございますか」

怪訝そうな顔を藤田がした。

戸惑うのも当然であった。佐竹家と林出羽守にはまったく接点がなかった。

「わたくしが聞かせていただいてよろしいのでございますか」

念を押すように藤田が問うた。

「それほどあらたまった話ではない」

林出羽守が小さく手を振って否定した。

「はあ……」

佐竹藩の家老ともなると数千石の禄を食《は》む。しかし、身分はあくまでも陪臣《ばいしん》でしかない。藤田は林出羽守の前では、恐縮するしかなかった。

「佐竹家では、世継ぎについて、どのように考えておるのだ」

林出羽守が訊いた。

「どのようにと言われましても、ごく普通に藩主の直系男子を世継ぎといたしておりまするが」

藤田が答えた。

「では、藩主公に直系の男子がないときは」

重ねて林出羽守が問うた。

「一門からか、あるいは過去姫君さまが嫁がれた他家からお迎えいたすこととなりましょう」

疑念の眼差《まなざ》しを浮かべながら、藤田が述べた。

「上様のお子さまをお迎えするというのは」

「な、なにを……」

藤田が絶句した。

「お世継ぎがない場合だけではない」

驚く藤田を無視して、林出羽守が続けた。

「男子がいたとしてもだ。その男子が藩主としてふさわしいかどうか。ふさわしくない場合もあろう」

「ぶ、無礼なことを言われるな。いかにお小姓組頭さまとて許しませぬぞ」

藤田が怒りを見せた。

「ふさわしくない者を藩主にすれば、家が潰れる」

「……な」

冷たい林出羽守の言葉に、藤田が詰まった。

「家中取り締まり不行き届き。この罪名で過去改易となった藩は多い」

「八代将軍吉宗さまより、大名の取り潰しは控えてこられたのではござらぬか」

藤田が抗議の声をあげた。

御三家から将軍となった吉宗は、幕府がとり続けてきた大名の取り潰しを大きく減じた。改易となった藩の侍たちが、浪人となって流浪することによる治安の悪化に歯止めをかけるためであった。吉宗は、世継ぎなしは改易という開祖家康以来の決まりを緩和、大名が死亡した後での養子、末期養子《まつごようし》を認めただけでなく、多少の罪ならば家を潰すのではなく、転封、あるいは減封などですませた。

この方針は、九代家重《いえしげ》、十代家治と受け継がれており、大名たちは大きく安堵《あんど》していた。

「そのようなこと武家諸法度に書いてあるか。幕府より大名は潰さぬとの触れが出たか」

「……いいえ」

林出羽守の言いぶんに、藤田が首を振った。

「すべては上様のお心次第なのだ」

「ご無体な……」

藤田が悲愴《ひそう》な顔をした。

「ところで、こちらには神君家康公よりご拝領の茶器があったと聞いておるが」

あっさりと林出羽守が話を変えた。

「……えっ」

不意な転換に藤田が唖然《あぜん》とした。

「ご拝領の茶器を拝見したいと申しあげておるのだが」

眉をひそめて林出羽守が繰り返した。

「あ、さようでございましたか……」

一度納得した藤田の顔色が変わった。

「どうかなされたのか」

林出羽守が藤田の顔を見た。

「ご拝領の茶器、見せていただけような」

「え、あ、それは」

藤田が焦った。

「あの茶器は当家秘蔵のもの。主君の許可なく宝物庫から取り出すことはできませぬ」

「なるほどの」

言われた林出羽守が首肯した。

「いつなら拝見できるかの」

「それは……」

「江戸から秋田までは急げば四日ほどで行こう。藩主公の許可を取るのに一日として、十日もあればどうにかなろう」

「たしかに十日あればできましょうが、なにぶん、神君家康さまよりちょうだいしたもの。まことに申しわけなきことながら、お見せするわけには参りませぬ」

「なるほど」

断る藤田に林出羽守が首を縦に振った。

「たかが小姓組頭には見せられぬと」

「そういうわけではございませぬが。なにぶん、神君家康さまよりご拝領の茶器でございますれば」

家康の名前に逆らえる幕臣はいない。藤田が押しきろうとした。

「ならば、上様にお願いするだけよ」

「……………」

藤田が大きく息を吸った。

「まさか、上様にも見せられぬとは言うまいな」

「……もちろんでございまする」

家斉の要望を拒めるはずもなかった。

「では、十日後。上様の名代《みょうだい》として、拙者が参る。しっかりと準備いたしておくように」

林出羽守が立ちあがった。

「奥右筆部屋には、ご拝領の品すべての詳細な記録が残っておる。まがいものなどでごまかすことはできぬぞ」

「……そのような気は」

必死の形相で藤田が否定した。

「そうそう。茶器は分銅屋の内蔵にあるそうだ。では、十日後にな」

言い残して林出羽守は去って行った。

「斎藤を呼べ」

藤田がわめいた。

「お小姓組頭さまがお見えだったとか。なにかございましたか」

すぐに斎藤が顔を出した。

「なにかあったかではないわ」

怒鳴るようにして藤田が語った。

「十日後までに茶器を。ならば、分銅屋に頼んで、一時貸してもらえば」

「たわけが。分銅屋が貸すはずなかろう。あれは金の形ぞ。それを返すなど、借金をあきらめるに等しいではないか」

藤田が嘆息した。

「しかし、事情を話せば……」

「話せる立場か。分銅屋を襲ったのは我らぞ。確証はないだろうが、心証は真っ黒なはずだ。そんな相手に数千両の値打ちのあるものを渡すほど、商人は愚かではない」

「うっ」

叱られた斎藤が黙った。

「では……」

斎藤が藤田を見あげた。

「うむ。分銅屋から奪え。なんとしてでもだ」

厳しい顔で藤田が命じた。

「いいか、林出羽守が来たのは、ご拝領品を見たいためではない。当家がご拝領品を形に金を借りたと知って来たのだ。もし、期日までにご拝領品を用意できなければ、それを傷として攻めてくるぞ」

「攻めるといっても、いまどき戦など」

「愚か者が」

藤田があきれた。

「兵を動かしての戦ではないわ。林出羽守は、佐竹家の血筋に手を出すつもりなのだ」

「血筋……若殿さまを狙うと」

「違う。林出羽守は、上様のお子さまを佐竹の跡継ぎにする気なのだ」

小さく首を振りながら藤田が言った。

「ご拝領品を形に金を借りる。これは神君家康さまを売ったに等しい。明らかにされれば、無事にすむことではない」

「…………」

「林出羽守は、黙っている代わりに、上様のお血筋を受け入れろと脅したのだ」

「若殿さまがおられまするぞ」

「嫡男を、病弱につき藩主の任にたえずと廃嫡した例はどこの藩にもある」

藤田が述べた。

「逃れるには、ご拝領の品が要るのだ」

「では……」

「明日にでも分銅屋から奪え。ときをかけていては、また分銅屋がご拝領ものを他所へ移すやも知れぬ。拙速もいたしかたなし」

「はい」

斎藤がかけていった。

二

分銅屋伊右衛門は衝撃から抜け出せていなかった。

「美代が盗賊の手下だったとは……」

一気に伊右衛門は老けていた。

「どこで美代を見初められたので」

昼兵衛が問うた。

妾番として務めていた新左衛門は、紹介者である山城屋昼兵衛へ状況の変化を報せる要があった。

「浅草寺さんの境内で雪駄の紐が切れたのを直してもらったのが初めで」

力なく伊右衛門が答えた。

「おそらく分銅屋さんとわかって近づいたのでございましょうなあ。妾屋をつうじてない女にはろくでもない者が多い」

「うっ」

昼兵衛の言葉に伊右衛門が苦い顔をした。

「まあ、どちらにせよ、守るべき妾がいなくては、妾番の意味はございませんな。本日付をもって大月さまは雇い止めということで」

「いたしかたあるまい」

確認されて新左衛門はうなずいた。

「分銅屋さん。本日までの日当をいただきまする。あと盗賊を防いだ報奨金もお願いしますよ」

「ちょっと待っておくれ」

肩を落としていた伊右衛門が、顔をあげた。

「日当を払うのはいい。報奨金も出す。代わりに用心棒をもう少し続けてはもらえぬか」

さすがに二度も襲われては怖くなる。伊右衛門がすがった。

「どうなさいますか、大月さま」

「妾番を辞めると明日から仕事探しをせねばならぬ。このまま雇ってもらえればありがたいが、さすがに一日詰めはきつい。夜だけでお願いしたい」

問われて新左衛門は述べた。

「それでいい」

伊右衛門が同意した。

「一度帰って着替えたいが」

新左衛門は、返り血で汚れた衣服を摘《つま》んだ。

「できるだけ早くお戻り願いまする」

泣きそうな伊右衛門に送られて、新左衛門は分銅屋を出た。

「どうされます」

精算された金を懐にした昼兵衛が新左衛門へ訊いた。

「用心棒をお辞めになられてもよろしゅうございますよ。他にも生きて行く手段はいくらでもございまする」

「…………」

新左衛門は黙った。

「また人を斬られたのでございましょう」

「ああ」

小さく新左衛門はうなずいた。

「このようなことは滅多にございませんが、用心棒という仕事の性質上、これからも皆無だとは申せませぬ」

昼兵衛が言った。

「妾も用心棒も身体を張る仕事。できればしないほうがよく、辞められるものならばすぐにでも離れたほうがよろしゅうございます」

「それでは、山城屋どのが喰えまい」

「妾屋なんぞ、ないほうがよいので。女は妾などならず、嫁に行くのがなによりでございまする。ただ、人は誰もが幸せになれぬもの。どうしても身体を売らねばならぬ境遇になる女はなくなりませぬ。ならば、少しでもよくしてやる者が要りましょう」

悲しそうに昼兵衛が笑った。

「ならば、用心棒しかできぬ男にもよくしてもらおう」

新左衛門がほほえんだ。

「妾番の仕事は、妾の密通を防ぐだけではないであろう」

「ほう」

昼兵衛が目を大きくした。

「妾番を置くほどの男は嫉妬深い。嫉妬深い男はときとして、女に暴力を振るう。そうして女を縛り付けようとする。だが、妾は奉公人でしかない。奉公人は主の命に従わねばならぬ。そのとき、妾番がいれば……」

「すべての妾にしてやれませんので、ただの気休めでございますが。妾に手をあげられれば、斡旋した妾屋の沽券《こけん》にかかわりまする。妾は容姿が商売道具。傷つけられれば、次の仕事をなくすやも知れぬのでございますれば」

「因果な商売だの」

仙台藩邸に乗りこんで命を張った昼兵衛を新左衛門は忘れていなかった。

「女の血の涙で生きておるのでございまする。因果の一つや二つ、どうというものではございませんよ」

今度は晴れやかな顔で昼兵衛が笑った。

「拙者はここで」

長屋への曲がり角で、新左衛門は別れを告げた。

「精算しておきますので、いつでもお寄りくださいませ」

「今度は、拙者が味門をおごろう」

「それはそれは。楽しみにいたしておりますよ」

昼兵衛が手を振った。

長屋へ戻った新左衛門は、急いで着替えた。

「もう使えぬな」

乾いた血は洗っても取れることはなかった。小袖一つ、新左衛門は捨てる羽目になった。

「その分の金はもらえたが……」

報奨金は五両あった。

一分もあれば、小袖と袴《はかま》の古着なら買える。

「眠らねば」

新左衛門は無理やり目を閉じた。

人を斬って以来、新左衛門は夜になればうなされた。斬った瞬間が、繰り返し夢に出てくるのだ。ただ、不思議なことに明るい昼間だけは、夢を見なかった。

「昼間寝て夜起きている。こんな男ができるのは、用心棒しかないではないか」

先ほどの会話を思い出して、新左衛門は独りごちた。

二刻（約四時間）ほど身体を休めた新左衛門は、分銅屋へ向かった。

「ご紹介を申しあげておきまする。大月さまのあとにお見えいただいた方々で。石田さま、大石さま、多田さま」

伊右衛門が内蔵の前に詰めている用心棒を紹介した。

「大月でござる」

新左衛門は名乗った。

「あと浅草の親分さんのところのお人で、小吉《こきち》さん」

部屋の隅でかしこまっている小者《こもの》を伊右衛門が指さした。

「どうぞ、よしなにお願いいたしやす」

小吉が一礼した。

「こちらこそ頼む」

返礼しながら、新左衛門は部屋へ入った。

「妾番だったそうだの」

石田が話しかけてきた。

「ああ」

「どうだ妾番は。普通の用心棒と違うのか」

「日当は倍もらえる。あと朝から晩まで仕事だ」

「金は魅力だが、一日縛られるのはごめんだな」

新左衛門の答えに石田が首を振った。

「しかし、その観音さまが、盗賊の一味だったのだろう」

「らしいな」

「よく生きていたな。湯に毒をいれられれば、それまでであったろうに」

「そういえばそうだな」

大石の言葉に、新左衛門の背筋が凍った。

「無駄話はそこまでにしようか」

年嵩の多田が口を出した。

「大月氏、この店にもおられたとのこと。間取りなどは重々承知されているな」

「うむ」

新左衛門は首肯した。

「結構だ。見回りは半刻（約一時間）ごと。二人で組んで店の外を一回りしてくる。

あと、二人ずつ二刻（約四時間）交代で仮眠を取ることにしておる。今まではその小吉が加わっていたが、貴殿と代わって貰う」

「へい」

「承知した」

小吉と新左衛門が首を縦に振った。

「酒は御法度。休むのも横になるのは遠慮して貰おう。厠へ行くときは、かならずもう一人に声をかけてから。帰ってきたときは、襖を開ける前に名乗ってくれ」

「了解した」

聞きながら新左衛門は驚いていた。己一人のときは、何一つ決めなくてよかった。

「歳上ということで、この場を仕切らせてもらっている。拙者の指示にしたがってくれ」

そういって多田が話を締めくくった。

「では、まずは大石氏と大月氏の組が休んでくれ」

「わかった」

すぐに大石が柱に背をもたれさせ、目を閉じた。

「お先に」

新左衛門も従った。壁へ背を預け、太刀を膝の間に挟む。

長屋で寝てきたのだ、眠れるはずもなかったが、休めるときには休んでおかなければ、あとが辛い。

「石田氏」

「おう」

きっちり半刻ごとに二人は見回りに出て行く。じっくりと見てくるのか、戻ってくるのには小半刻（約三十分）近くかかっていた。

「交代だな」

三度目の見回りから多田たちが帰ってきたところで、大石が目を開けた。

「だな」

同意して新左衛門も立ちあがった。

「頼むぞ」

多田と石田が休憩に入った。

「小吉どの。おぬしも寝ておいたほうがよかろう」

ずっと起きている小吉に新左衛門が勧めた。

「あっしは大丈夫でさ。明日の朝には交代いたしやすので。先生方がお出でになられたので、人数を減らして、一日交代にしているんでござんす。三日に一度の寝ずの番くらいならば、どうってことござんせん」

小吉が首を振った。

「それにあっしは、賊が来たとき、御上へ報せに走るのが仕事。戦いは先生方にお任せいたしやすので」

「そうか」

新左衛門は納得した。

他人と組んでの用心棒は、新左衛門にとって懐かしいものであった。かつて伊達家で江戸番馬上をしていた新左衛門は、中屋敷の警固役であった。三日に一度、朝から翌朝まで丸一日詰め所へ籠もり、一刻に一回屋敷のなかを見回る。状況はかなり違うが、新左衛門にはなじんだ動きであった。

「異常ないな」

勝手口から出て、一周した大石がうなずいた。

「ござらぬな」

新左衛門も首肯した。

こうして初日は、無事に終えた。

飯と味噌汁、漬けものの朝飯を馳走になった後、新左衛門は分銅屋を出た。

新左衛門は長屋とは逆に歩いた。浅草寺門前町へ向かった新左衛門は、一軒の古着屋へ入った。

「いらっしゃいませ」

すぐに手代が近づいてきた。

「小袖と袴を探しておる」

「いかほどの品でございましょうか」

手代が問うた。

「二つで一分くらいで願いたい」

「承知いたしました。しばしお待ちを」

うなずいた手代が離れ、いくつかの衣服を手に戻ってきた。

「これとこれでいい」

破れの確認だけをして、新左衛門は適当なものを選んだ。

「ありがとう存じまする」

金を払い古着屋を出た新左衛門に声がかけられた。

「大月さま」

「これは八重どの」

すぐ後ろに八重がいた。

「お買いものでございますか」

「さようでござる。使っていた衣服が駄目になったので、古着を求めて参りました」

新左衛門が風呂敷を見せた。

「そうであったのでございまするか。おっしゃってくだされば、お仕立ていたしましたのに」

八重が残念そうに言った。

「かたじけないお言葉なれど、お願いするわけにも参りませぬ」

新左衛門は断った。

着物の新調などまず庶民はしなかった。金がかかりすぎるからである。生地ももちろんだが、仕立ての手間賃も馬鹿にならなかった。

「お代金のことならお気になさらずとも」

ほほえみながら八重が首を振った。

「そういうわけには参りませぬ」

伊達家からとった金は、弟の勉学のために遣われており、八重は仕立ての手間賃で生きているのだ。

「ですが……」

「ただがお気になると言われますならば、半値いただきましょう」

「わたくしになんのご恩も返させてもらえませぬのでしょうか」

八重が暗い顔をした。

「恩、恩などございませぬぞ」

あわてて新左衛門は否定した。

「いいえ。わたくしは大月さまに何度も命をすくっていただきました」

「あれは、藩士として命じられたことをやっていただけで」

新左衛門は職務に過ぎないと述べた。

「わたくしが知らぬとでも。山城屋どのからすべてうかがっておりまする」

不機嫌な顔で八重が新左衛門へ迫った。

「……………」

新左衛門は沈黙した。

「大月さま」

「……では、今度お金ができましたら、生地を持ってお願いにあがりまする」

「はい。お待ち申しております」

それで八重が引いてくれた。

「長屋までお戻りでございますか」

「はい」

「では、お供をさせていただきまする」

半歩退いた位置で八重がついてきた。

「……………」

二人きりの道行きに新左衛門は緊張し、終始無言で歩き続けるしかなかった。

一休みした新左衛門は、山城屋へ立ち寄った。

「おいでなさいませ」

昼兵衛が待っていた。

「まず、精算金をお受け取りいただきましょう」

折りたたんだ袱紗の上へ、昼兵衛が金を並べた。

「いただこう」

新左衛門は金を受け取り、銭入れのなかへしまった。

「山城屋どの」

「分銅屋がなぜあれほど執拗《しつよう》に狙われるかということでございましょう」

昼兵衛が先読みを見せた。

「うむ」

「大月さまは、棄捐令をご存じで」

「知っている。伊達はやらなかったのでな。皆、残念がったものだ」

仙台藩士の借財は、他藩に増して多い。奥州では有数の石高を誇るが、天災が多く、まともに収穫できないのだ。また、江戸屋敷の火災や幕府お手伝いなどで、藩の財政は痛めつけられ、藩士たちへの給米さえも半減というありさまだった。

「もとはあれなのでございますよ。棄捐令で借財が棒引きになったのに端を発しておりまする。金貸しにしてみたら、貸したはいいが返してもらえないでは、店がやっていけませぬ。しかし、お大名方はどうしても金が要る。そこで貸す方が、かならず返さなければならなくなる形をとった」

「かならず返さなければならない形とはなんだ」

新左衛門が問うた。

「家宝でございましょう。お大名方には代々の重宝というものがございまする。それを預かって金を貸す。もしまた棄捐令が出ても、形があるかぎり、返さないわけにはいきませぬ。世間に知れた名宝でございますからな。それを売りに出されでもすれば、家の恥」

「なるほど。では、分銅屋を襲った侍は、金を借りた藩の家臣か」

「でございましょうなあ。よほどまずいものを形に取られたのでございましょう。それに、形を奪い返せれば、借金をなかったことにできますからね。金を返すから形を返せと言いだせば、奪われた商人は困りまする。預かりものをなくす。信用は地に落ちまする」

理解した新左衛門へ、昼兵衛が補足した。

「では、あの忍もどこぞの藩の」

「そのあたりまでは、わかりませぬ。ただ、江戸の豪商で何人かが、預かった形を奪われているらしいと」

「らしい……」

新左衛門が首をかしげた。

「海老さんから聞いた話と、首になった妾が多いというのから推測しただけでございますよ。商家が、そうあっさりと内情を明らかにはいたしません。ただ、一軒だけ盗まれたことを公《おおやけ》にしたお方がございますが」

「ほう。で、そこはなにを。やはり藩の重宝か」

「それが……」

昼兵衛が声を潜めた。

「神君家康公さまより拝領の品だったそうで」

「なんと」

聞いた新左衛門が絶句した。

武家にとって神君家康は、藩主公以上に崇敬しなければならない相手であった。

「よくぞ持ち出したな」

拝領品を形に金を借りたとわかれば、藩の存亡にもかかわる。

「なにより、ご拝領品を奪われて、無事だったのか、その藩は」

「奪われた店が手を打ったようで、咎めなしですんだとか」

「金か」

「…………」

無言で昼兵衛が首肯した。

「上の馬鹿の始末は、いつも下がしなければならぬ。分銅屋を襲った者もそうであろう。家老あたりに命じられて夜盗のまねか」

小さく新左衛門が嘆息した。

「面倒なことだ」

新左衛門が立ちあがった。

「入ってくるものだけで、生計を立てれば借財などせずともすむ。どうしてもたらぬならば、身を粉《こ》にして稼げばいい」

「大月さま」

咎めるような口調で昼兵衛が呼びかけた。

「三カ月前でも、同じことを言えましたか」

「……わかっておる。浪人し、明日の生活を己で切り開かなければならなくなったからこそ言えたのだ」

気まずそうに新左衛門は答えた。

「人として生きるにはどうすればいいか、おわかりになられたならば、このあとなにをなさるべきかもご理解されておられましょう」

「ああ」

わかっていると新左衛門は首を縦に振った。

「用心棒の仕事は、貫徹する」

新左衛門が宣した。

佐竹藩中屋敷に、伊田は人を集めた。

「藩の存亡にかかわる。皆には命をかけてもらうことになる」

伊田が口を開いた。

「話は聞いている」

新たに加わった江戸定府の藩士、阿座庫之輔《あざこのすけ》が応えた。

「敵は分銅屋の用心棒である。確認したところ、どうやら数人いるらしい」

斎藤が報告した。

「石原たちを倒したのだ。侮るな」

「心配するな。国元の田舎剣術ではない。我らは、江戸の道場で各藩の精鋭たちと技を競ってきたのだ」

大きく阿座が胸を叩いた。

「油断は禁物ぞ」

厳しく伊田が戒めた。

「伊田氏よ。用心棒はいいとしても、蔵の鍵は開けられるのか。我らにそのような技量はないぞ」

「それについては、二つ案を用意している。一つは、分銅屋を捕まえて脅す。もう一つは、鍵師を連れて行く」

伊田ではなく斎藤が答えた。

「鍵師か」

「うむ。佐竹藩出入りの細工師を使うが、ときがかかる。できるだけ分銅屋をおさえるように頼む」

斎藤が告げた。

「よいのか。分銅屋にそのようなことを言えば、我らの正体がばれるであろう」

阿座が疑問を呈した。

「かまわぬ」

そこへ江戸家老の藤田が顔を出した。

「ご家老」

一同が姿勢を正した。

「八日後までにご拝領ものを取り戻しておらねば、藩が潰れる。いや、奪われることになる。分銅屋のことは気にせずともよい」

「よろしいのでござるな」

藤田へ向かって阿座が確認した。

「なにより、そなたたちは分銅屋と面識がない。身分を証すようなものさえなければ、あとはどうにでも言い逃れられる。おい」

廊下で控えていた従者へ藤田が合図をした。

「衣服も大小も、こちらで用意したものへ替えよ」

従者が大量の衣服、大小を持ちこんだ。

「慣れておらぬ道具を使うのは、腕を落としまする」

伊田が渋った。

「ならぬ。もし太刀を残してくる羽目になったとき、そこから足がつかぬとはかぎらぬのだ」

藤田が拒否した。

太刀は放置しておくとすぐにさびた。それを防ぐため、武家は毎日のように、刀身を拭《ぬぐ》い、打ち粉をつけて手入れをする。しかし、年に一度くらいは本職の研ぎ師に頼んで、中子《なかご》のなかや、刀身の奥深くなどに入った傷みを取ってもらわないと大事なときに折れたり曲がったりの危惧《きぐ》が出る。そして研ぎ師は、何かあったときのためにそなえ、預かった太刀の特徴を拵《こしら》えから刃紋、銘にいたるまで細かく記録していた。

「これらはすべて、国元から送られてきたもので、江戸で手入れを受けていない。これならば、捨ててもかまわぬ」

「……承知」

そこまで言われればいたしかたなかった。伊田が首を縦に振った。

「決行は今夜じゃ。準備をいたしておけ」

一人一人を見ながら、藤田が告げた。

三

日が暮れるのに合わせて、ふたたび佐竹藩士たちが分銅屋を襲った。

「急げ」

佐竹藩士たちは、前回のように勝手口を据えもの斬りで断つような面倒をせず、もっていた大槌《おおづち》で破壊した。

「来たぞ」

交代で休んでいた多田が飛び起きた。

「大石、分銅屋どのたちを二階へ」

「おう」

雇い主の避難を多田が最初に手配した。

「小吉、報せを」

「へい」

言われて小吉が駆け出した。

「残りは庭で迎え撃つ」

多田が足袋裸足で庭へと飛び降りた。

「承知」

石田と新左衛門も続いた。

「邪魔をするな」

黒覆面をした佐竹藩士が、出てきた多田へ斬りかかった。

「おうりゃ」

多田が受けた。そのまま半歩踏み出して、佐竹藩士の太刀を押し返した。

「ちっ」

体勢を崩された佐竹藩士が引いた。

「多いな」

ざっと数を読んだ新左衛門は、表情を引き締めた。

「ときをかせげばいい。小吉が町方へ報せるまでもてばいい」

振り向かずに多田が作戦を提示した。

「そうはいかぬ」

藩士たちの後ろにいた伊田が口を挟んだ。

「表に人を配しておらぬとでも思ったか」

「くっ」

多田が唇を噛んだ。

「小吉が殺されていたぞ」

大石が加わった。

「潜り戸を出たところで倒れていた。悪いとは思ったが、潜り戸を閉めてこちらに回ってきた」

「ああ」

新左衛門は大石の行動を肯定した。

身を屈《かが》めなければ出られない潜り戸ほど厄介《やっかい》なところはなかった。頭を落とし、腰を曲げるという即応しにくい体勢になるだけでなく、首から外へ出て行くのだ。戸のすぐ外で待ち構えられていれば、終わりであった。

「援軍は期待できずか」

石田が苦い顔をした。表を抑えられ、家人が町方へ報せに行くこともできなくなった。

「気を入れろ」

己も鼓舞するように、多田が声をあげた。

「行け」

伊田の合図で、佐竹藩士たちが突っこんできた。

分銅屋の庭は広い。かといって泉水があるわけではなく、わずかな庭木と石灯籠《いしどうろう》が配置されているだけであった。

大きく囲むように佐竹藩士が拡がった。

「先手必勝」

声をあげて石田が斬りかかった。

「出るな」

多田の制止は間に合わなかった。

一人突出した石田へ二人の藩士がかかり、一撃を浴びて石田が倒れた。

「馬鹿が」

拡がっていく血へ目を落として多田がののしった。

「今なら助けてやる。おとなしく太刀を捨てろ」

伊田が、前へ出た。

「なめないでもらいたいな」

多田が笑った。

「そんな偽りにだまされるほど、我らは甘くはない」

「そうか。本当かも知れぬぞ。我らの目的は金目のもの。用心棒の命など不要だ。

刀に血を付けなくていいのだからな」

さらに伊田が誘った。

「おぬしたちの姿を見ている我らを見逃すほど余裕があるのか」

舌戦に新左衛門も参加した。

「数の違いがわからぬのか。勝利は我らのものぞ」

伊田が言い返した。

「勝利の前には、雑魚《ざこ》など気にならぬと」

「そうだ」

大きく伊田がうなずいた。

「どちらが雑魚なのだろうな」

「なにっ」

新左衛門の言葉に、伊田が反応した。

「どこぞの藩士だろうが、江戸の大店を襲って、無事ですむはずはなかろう。さすがに今度は分銅屋も内済にはすまい。となれば、町方が動く。もちろん、町方では武家に手出しはできぬが、その結果は御上に伝わる。押し込み強盗だぞ。藩を潰すほどの悪事だ。大目付が黙っているかの」

「証拠がなければどうにもできまい」

伊田が否定した。

「おぬしたちという生きている証拠があるぞ」

「うっ……」

藩士の一人がうめいた。

「死人に口なしとも言うな」

多田が止《とど》めを刺した。

「こやつらの話を聞くな。かかれ」

動揺した藩士たちへ伊田が手を振った。

「お、おう」

すでに藩士たちの気迫は落ちていた。

「やるな、大月氏」

大石が新左衛門の対応に感心した。

「まだ死にたくないのでな」

藩士たちから目を離さず、新左衛門は言った。

「やあああ」

右から藩士が襲いかかってきた。

「ふん」

多田が受けた。

「大石氏、多田氏の背中を」

「承知」

太刀をふさがれた形になっている多田へ、別の藩士が迫っていた。新左衛門に促された大石が、相手に出た。

「えいっ」

大石が斬りかかった。

「ちいい」

多田の脇を狙った藩士が、半歩退いた。

「手向かいするか」

「どけ」

二人の藩士が新左衛門へ太刀を向けた。

「………」

新左衛門は太刀を胸の前で水平に横たえた。

「きええええ」

左手の藩士が、太刀を上から落としてきた。

「ぬん」

片手薙ぎでこれを弾き、そのまま新左衛門は真正面にいた藩士へ切っ先を走らせた。

「こいつめ」

正面の藩士が、大きく下がった。

「ふっ」

新左衛門は太刀を翻《ひるがえ》すと、左の藩士へと身体をひねり、勢いのままもう一度薙いだ。

「うおっ」

弾かれて両手を上にあげる形になっていた藩士があわてた。急いで避けようとするが、片手薙ぎは伸びる。

「ぎゃっ」

胸を斬られて藩士が悲鳴をあげた。

「浅いぞ。落ち着け」

伊田が注意をした。

「痛い、痛い、痛い」

胸の骨は人の急所である。浅くとも激痛であった。斬られた藩士が痛みで常軌を逸した。

「この下郎が」

太刀を振り回して、藩士が新左衛門へ近づいた。

「………………」

新左衛門は待った。

戦いは心を揺らせる。命がかかっているのだ。ほんの少しのことで頭に血がのぼる。頭に血がのぼれば、冷静な判断が取れなくなり、身体に力が入った。

「待て」

もう一人の藩士の制止も無駄であった。

「死ね」

両手で太刀を思い切り振った。

「……ふっ」

力が入れば筋肉が縮む。新左衛門は太刀が届かないと見切った。

「えっ」

藩士の太刀は新左衛門に二寸（約六センチメートル）届かず、勢いのまま地面へ食いこんだ。

「力が入りすぎだ」

新左衛門は、地面に刺さった太刀の峰を踏みつけた。

「は、離せ」

引き抜こうとした藩士が焦った。

「…………」

無言で新左衛門は藩士の首の血脈を刎《は》ねた。

「ああああああ」

夜目にもわかる紅《あか》い血をあふれさせながら、藩士が新左衛門を見た。

「心配するな。おまえの死に様は、拙者が覚えている」

新左衛門は押さえていた太刀から足を離した。

「ぬ、抜け……」

食いこんでいた太刀を抜いて、藩士が崩れた。

「板埜《いたの》」

もう一人の藩士が叫んだ。

「他人の名前を呼んでいる暇はあるのか」

言いながら新左衛門は、太刀を突き出した。

「うわっ」

倒れた同僚を見るため、目を下げていた藩士は一瞬遅れた。

新左衛門の切っ先が左肩に突き刺さった。

「肩が……」

傷を見た藩士がまた目を新左衛門から離した。

「はっ」

小さな気合いを吐いて、新左衛門は太刀を返し、袈裟がけに斬った。

「ひくっ」

右脇から割られて、藩士が絶息した。

「できる」

伊田が息をのんだ。

「おまえか、石原たちを倒したのは」

前へ出ながら、阿座が新左衛門を睨みつけた。

「石原……三人組の一人か」

新左衛門は思い出した。

「こいつは拙者がもらう。手出しをするな」

阿座が宣した。

「馬鹿を言うな。一騎打ちなどしている場合ではない」

「やかましい。口出しする暇があるならば、残りの二人を片付けたらどうだ」

制する伊田へ阿座が言い放った。

「……ううむ」

伊田が詰まった。

「やむを得ぬ。残りで二人を倒せ」

命じながら伊田も太刀を抜いた。

「しばし支えてくだされ。すぐに終わらせますので」

阿座を見ながら新左衛門が言った。

「終わるのは、おまえだ」

先ほどと同じように怒らせようとした新左衛門へ、阿座が冷笑した。

「参る」

阿座が太刀を右脇へと構えた。

「来いっ」

新左衛門も受けた。

真剣勝負でもっとも重要なのは修練を重ねた技、続いて何事にも動じない心である。その次に気迫があった。

かならず勝つという気迫は、己の腕を一枚も二枚も押しあげる。ぎゃくに気迫で負けると、長年培ってきた剣術の腕が存分に発揮できなくなった。

相手が必死の気迫をぶつけてきたならば、同じかそれ以上のもので応じなければ、食いこまれることとなる。

「まずは、右手をいただく」

すり足で阿座が間合いを詰めた。

「…………」

新左衛門はそれには言葉を返さなかった。

命がけの戦いに卑怯《ひきょう》も未練もない。口にしたことが真実である保証などなかった。

瞬《まばた》きもせず、新左衛門は阿座を見つめた。

間合いが二間になった。

「しゃあ」

大きく踏みこんだ阿座が、太刀へ右肩を押しつけるようにして跳ね、斬りつけてきた。

「おう」

左の首を狙った太刀先の動きを見極めて、新左衛門は右へ半歩動きながら、身体をひねった。

「ちっ」

阿座の一撃は、新左衛門の左を通った。

「なんのう」

はずれたと知った阿座が、両手首を曲げ、刀の軌道を変えた。

「……くっ」

へそのあたりで方向を変え、斬りあげてきた一刀に新左衛門は体勢を崩された。

「もらった」

天を指した太刀をそのまま、阿座が落とした。

「えいっ」

新左衛門は、自ら尻を着いた。

「やった……」

阿座の一刀は、新左衛門の頭上で止まっていた。

剣術を鍛錬した者の癖であった。上段から振った太刀は、へそあたりで止めなければ、勢いのまま地面を叩くことになる。剣術を習ったことのあるものなら、二度や三度は、竹刀が道場の床を打って、手がしびれ、柄を持っていられなくなる経験をしている。まして、つい今、同僚の板埜が太刀を地面に食いこませ、負けるのを見たばかりなのだ。阿座が太刀を無意識に止めたのは当然であった。

「………………」

冷たい地面に尻が当たる痛みを感じながら、新左衛門は太刀を斬りあげた。

「……氷がなかに……冷たい」

股間から下腹を裂かれた阿座が、食いこんだままの白刃を見下ろして呆然と言った。

「馬鹿な」

「阿座どのがやられるなど」

藩士たちに動揺が走った。

「よっしゃ」

大石が快哉《かいさい》を叫んだ。

「まだだ」

諫《いさ》めながらも多田も勢いづいた。

「えいっ」

「やあああ」

阿座を倒されて啞然となった藩士たちへ二人が斬りかかった。

「わあああ」

「ひっ」

たちまち二人が倒された。

人数が逆転した。

「あやつは、拙者が受け持つ」

多田が伊田へと向かった。

「これまでか」

負けを覚った伊田が、多田と対峙した。

「武士の矜持《きょうじ》を捨てきれなかったな」

皮肉げに笑った伊田が、太刀を小さくあげて跳びこんだ。

「おうやあ」

多田がまっすぐに太刀を突いた。斬りそんじはあっても突きそんじはない。

「…………」

突きが早かった。

喉をまともに貫かれて伊田が声もなく絶息した。

「違うだろう。浪人するだけの覚悟がなかった。だから賊にまで落ちるはめになった」

太刀を抜きながら多田が冷たく言った。

「うわあああ」

最後尾で太刀を抜きもしていなかった斎藤が勝手口から逃げ出した。

「ま、待ってくれ」

大石と対峙していた最後の一人も背を向けた。

「逃がさぬ」

「よせ」

追おうとした大石を多田が止めた。

「我らは用心棒だ。店を守るのが仕事、盗賊を追うのは町方に任せばいい。店を空けては、用心棒の意味がない」

「しかし、逃がせばふたたび来るやも知れませぬぞ」

大石が言い返した。

「そのときは、また追い返せばいい。それにあいつらにもう帰る場所はない。屋敷へ戻っても詰め腹を切らされるだけだ」

苦い顔で多田が首を振った。

四

さすがに今度は内済にはできなかった。死人が多すぎたのと、下っ引きとはいえ、町方の者が殺されたのだ。

南町奉行所が出張《でば》ってきた。

「貴殿のお名前とお住まい、身分をお話し願おう」

襲撃されて対応しただけではあるが、人を斬り殺している。新左衛門も同心の調べを受けることとなった。

「大月新左衛門。浪人でござる。住まいは浅草並木町《なみきちょう》米屋源兵衛店《げんべえだな》」

「もとはどちらのご家中か」

「それはご勘弁願いたい」

浪人は、旧主の話をしないのが慣例であった。

「藩名はけっこうでござるが、ご出身の国名くらいはお願いしたい」

すさまじい手筋を見た後だからか、同心の態度はていねいであった。

「奥州浪人でござる」

主を持たない浪人は、庶民と同じ扱いを受け、町奉行所の管轄になる。同心の質問にあまり無下《むげ》なまねもできなかった。

「請け人はどなたか」

「山城屋昼兵衛どのでござる」

「妾屋の」

名前を聞いた同心が少し目を見張った。

「いかにも」

「妾屋が男の身元を引き受けるとは……」

同心が首をかしげた。

「当分の間、遠国への他行《たぎょう》はご遠慮願いますぞ」

足止めを命じられてようやく新左衛門は解放された。


「さっそくにやったか」

坂部能登守から報告を受けた林出羽守は、小さく笑った。

「これが調べ書きの写しでござる」

「あとで読んでおこう」

林出羽守が受け取った。

役目を終えて屋敷へ戻った林出羽守は、調書を読んだ。

「山城屋昼兵衛……どこかで聞いたな。あれは……そうか。仙台の伊達斉村へ妾を斡旋した口入れ屋だったはずだ」

林出羽守が思い出した。

「となると、この大月という浪人は、あのとき側室とともに放逐された藩士か。なかなか遣えるではないか」

調書を見ていた林出羽守の手が止まった。

「ふむ。伊賀者どもを倒したのもこやつかの。ならば、一度顔を見ておくのも悪くはない」

　林出羽守が手を叩いた。

「お呼びでございますか」

　用人が顔を出した。

「坂部能登守どのの名前を借りて、分銅屋へ行く手配をいたせ」

「はい」

「あと、蔵にはいくらの金がある」

「およそ四千両ほどございまする」

　主の問いに用人が答えた。

　小姓組頭としては、多い。これらの多くは、面会を求めてくる大名や旗本が置いていったものであった。

「すべて遣うやも知れぬ。いつでも出せるようにな」

「承知いたしましてございまする」

　用人が首肯した。

　翌日、林出羽守が分銅屋伊右衛門を訪ねた。

「お奉行さまがお見えになるとうかがっておりましたが……」

小姓組頭の登場に伊右衛門が戸惑った。

「無理を言って能登守どのの名前を借りた。本人も承知している」

「はあ」

そう言われては、伊右衛門に拒むことはできなかった。

「面倒なやりとりをする暇はない。分銅屋、佐竹藩から預かったご拝領品を出せ」

「な、なにを……」

いきなりの用件に伊右衛門が息をのんだ。

「十分に調べている。とぼけるような無駄はするな。町奉行所に手入れをさせてもよいのだ。畏れ多くも神君家康さまご使用の茶器を町人ごときが手にしているとなれば、ただではすまぬぞ」

「うっ……」

伊右衛門が詰まった。

「もちろんただで取りあげる気はない。佐竹藩に貸した金と同額を用意する」

「……」

林出羽守の申し出に伊右衛門が沈黙した。

「二度も襲い来た佐竹家へ仕返しをしてやりたくはないか」

「それは……」

伊右衛門が反応した。

「心配するな。決して表沙汰にはせぬ。分銅屋の名前が世間に漏れることはない。万一があれば、余が責を負う」

「まことに……」

「小姓組頭の名前にかけて誓おう」

うかがうような伊右衛門へ、林出羽守が断言した。

「しばしお待ちを」

客間から伊右衛門が出て行った。

「これでございまする」

しばらくして伊右衛門が桐箱を出してきた。

「開けていいか」

「どうぞ」

「……まちがいないようだな」

中身については、十分承知している林出羽守がうなずいた。

「いくらであった」

「九千両で」

「分銅屋。商人が損を嫌がるのはわかる。だが、嘘はいかぬ」

冷たい声を林出羽守が出した。

「……三千両でございまする」

伊右衛門が頭《こうべ》を垂れた。

「すぐに屋敷から持ってこさせよう。おい」

ついてきていた従者へ、林出羽守が命じた。

「はっ」

従者が駆けていった。

「金がくるまでの間、もう一つ頼みを聞いてくれぬか」

「なんでございましょう」

「用心棒の大月という者を呼んでもらいたい」

林出羽守が告げた。

「大月さまを。よろしゅうございまするが……」

「なに、すさまじい遣い手と聞いたのでな。顔を見たいだけよ」

「わかりましてございまする。すぐに」

ふたたび伊右衛門が下がっていった。

「なにか御用か」

禁足中である。出歩かず長屋にいた新左衛門は、分銅屋の求めに応じた。

「大月さまへお会いしたいと、お小姓組頭さまが」

「お小姓組頭さまだと」

新左衛門は驚愕した。

石高は少ないが、将軍の側近くに仕え、仙台藩主といえども遠慮しなければならない相手である。浪人に過ぎない新左衛門と触れあっていい相手ではなかった。

「なんでも大月さまの剣術の腕前を聞いたとかで」

「……まあいい。分銅屋どのの仲立ちとなれば、断りもできまい」

「恩に着ますよ」

拝まれて新左衛門は、林出羽守の待つ客間へと向かった。

「大月新左衛門にございまする」

客間前の廊下で新左衛門は膝を突いた。

「そなたが。余が林出羽守である。見知りおけ」

「畏れ入りまする」

新左衛門は一礼した。

「三人も賊を倒したというので、鬼のような男かと思っておったが、普通じゃの」

「剣術に力は要りませぬので」

無礼な言葉にも新左衛門は応じた。

「そうか。そうだの。でなくば、刀の意味はない。力で勝負が決まるなら、太刀より槌で殴るべきだ」

小さく林出羽守が笑った。

「人を斬るというのは、どのようなものだ」

「嫌なものでございまする」

新左衛門は、頬をゆがめた。

「しかし、我らの先祖は、そうやって禄を得た。大月、おぬしのしたことは、先祖と同じ働きぞ。それを嫌悪しては侍が成りたつまい」

「戦ならば、できましょう。一人のことではございませぬ。何百、何千で動く。己はその一つの駒《こま》でしかございませぬ。なれど、用心棒は一対一。相手の顔も見えまする。息づかいも聞こえまする。なにより、戦い終われば、いきなり日常へ戻されるのでございまする」

「心がきついか」

「忘れられませぬ」

低い声で新左衛門は肯定した。

「余に仕えぬか」

林出羽守が言った。

「……かたじけない仰せではございまするが。二度と主取《しゅど》りはせぬと決めましてございまする」

新左衛門は断った。

「よほど仙台の仕打ちがこたえたようだの」

「えっ」

不意の言葉に新左衛門は目を見張った。

「林さま。お屋敷から」

伊右衛門が現れた。

「金が届いたか。ご苦労であった。仕官の話、考え直したならばいつでも我が屋敷へ来るがいい。もう下がれ」

反応をする前に新左衛門は、林出羽守によって追い出された。

「なぜ、知っている」

分銅屋を出た新左衛門は、まだ混乱していた。

「お気を付けて」

伊右衛門に見送られて駕籠にのった林出羽守が戸を閉めた。

「妾屋に用心棒か。世間にはおもしろい者どもがおる。四条屋のように使い道もある。いずれ余、いや上様のために役立ってもらう日もあろう」

独りごちた林出羽守が、手にした桐箱をなでた。

「これで佐竹は、落ちた。伊達は逃したが、奥州へのくさびはできた。後世上様を名君と呼ばれるようにするのが、余の務めよ」
林出羽守が声を出さずに笑った。

この作品は書き下ろしです。

幻冬舎時代小説文庫

●好評既刊
妾屋昼兵衛女帳面
側室顚末
上田秀人

世継ぎなきはお家断絶。苛烈な幕法の存在は、「妾屋」なる裏稼業を生んだ。だが、相続には陰謀と権力闘争がつきまとう。ゆえに妾屋は、命の危機にさらされる――。白熱の新シリーズ第一弾!

●好評既刊
関東郡代 記録に止《とど》めず
家康の遺策
上田秀人

神君が隠匿した莫大な遺産。それを護る関東郡代が幕府の重鎮・田沼意次と、武と智を尽くした暗闘を繰り広げる。やがて迎えた対決の時、死してなお世を揺るがす家康の策略が明らかになる!

●好評既刊
酔いどれ小籐次留書
祝言日和《しゅうげんびより》
佐伯泰英

駿太郎が高熱を発し、元庵先生の屋敷にいた小籐次が秀次親分から持ちかけられた相談。それはにわかには信じ難い、幕閣をも巻き込む大事件を解決するための助力だった。大興奮の第十七弾!

●好評既刊
大江戸やっちゃ場伝2
胸突き坂
鈴木英治

地主の娘・おあゆとの恋を成就させ夫婦になった徹之助は、干椎茸を元に江戸での商売を思いつく。金、女、誇り……。男達の野望が渦巻く江戸で、一旗揚げることができるのか。シリーズ第二弾。

●好評既刊
黄金のロザリオ
伊達政宗の見果てぬ夢
鈴木由紀子

母の代わりに弟を殺したと言われる政宗だが、母子の確執は本当にあったのか? 天下取りの大望を追いつづけた主従と、それを支えた女たちを描き、新たな政宗像を浮き彫りにした新・伊達物語。

妾屋《めかけや》昼兵衛《ちゅうべえ》女帳面《おんなちょうめん》二

拝領品《はいりょうひん》次《し》第《だい》

上《うえ》田《だ》秀《ひで》人《と》

平成24年3月15日　初版発行
平成26年5月30日　3版発行

発行人――石原正康
編集人――永島賞二
発行所――株式会社幻冬舎
〒151-0051東京都渋谷区千駄ヶ谷4-9-7
電話　03(5411)6222(営業)
　　　03(5411)6211(編集)
振替00120-8-767643

印刷・製本―株式会社　光邦

装丁者――高橋雅之

幻冬舎時代小説文庫

ISBN978-4-344-41828-8　C0193　う-8-3

幻冬舎ホームページアドレス　http://www.gentosha.co.jp/
この本に関するご意見・ご感想をメールでお寄せいただく場合は、
comment@gentosha.co.jpまで。